KB014378

끌어안는 소설

끌어안는 소설

정지아 손보미
황정은 김유담
윤성희 김 강 김애란

창비

머리말

가족이란 이름의 끌어안음

우리가 세상에 태어나 처음으로 맺는 인간관계 그물은 바로 '가족'입니다. 혈연으로 맺어진 보편적 속성에도 불구하고 오늘날의 가족은 그 형태나 기능 면에서 다양한 변화를 보입니다. 이 변화 속에서도 여전한 것이 있다면 그것은 가족 간의 갈등과 상처가 만들어 내는 슬프고도 아픈 현실입니다. 이런 상황을 대하노라면, 과연 가족 공동체의 진정한 의미는 무엇인지 고민하게 됩니다.

'가족'이라는 공동체의 관계 맺음이 누구도 피할 수 없는 숙명적 만남이기 때문일까요? 시대를 막론하고 많은 문학 작품이 가족과 관련한 이야깃거리들은 빼놓지 않고 다루어 왔습니다. 우리는 그 작품들을 통해 다양한 층위의 삶과 인간의 본성을 새삼 깨닫기도 합니다. 바로 가족이라는 물리적, 정서적 공동체를 통해서 말이지요.

이 세상의 모든 가족은 그 가족만이 안고 있는 저마다의 다른 이유로 부대끼며 살아갑니다. 그 삶의 장면에는 기쁨과 분노, 슬픔과 즐거움, 사랑과 미움 등 다채로운 감정이 녹아 있습니다. 그런데 다른 가족의 삶에서 자연스럽게 데자뷔를 느낀다면 그것은 그 가족의 삶이 바로 나와 내 가족의 이야기가 될 수도 있다는 동질감에서 비롯한 것일 겁니다. 이에 우리는 가족 구성원이 함께 모색해 나가야 할 화해와 용서, 돌봄과 치유의 가치를 아우를 수 있는 공통의 키워드로 '끌어안음'을 떠올렸습니다.

가족의 형태가 다양해짐에 따라 가족의 삶의 모습 또한 다양해졌습니다. 엮은이들은 이런 다양성을 기조로 가족의 의미와 형태, 기능을 살피면서 갈등과 상실의 경험을 통해 서로의 아픔에 공감하고, 돌봄과 치유를 통해 서로를 끌어안고, 새로운 형태의 만남을 통해 가족 공동체를 확장하는 모습까지, 다양한 빛깔로 가족의 스펙트럼을 보여 주고자 했습니다.

또한 오늘날 가족이 지니는 가치와 의미를 돌아보고, 가족 구성원 간의 갈등과 화해, 상실과 치유, 화합과 포용의 모습은 어떠한지, 전통적 가족 형태를 대신하는 새로운 가족 형태의 가능성과 확장은 어디까지인지에 대한 소박한 담론의 장을 마련하고 싶었습니다.

"이토록 모순된 유기적 생명 공동체가 세상에 또 있을까?"

이 책을 엮으며 수많은 작품을 만났다 헤어지기를 반복하는 동안 엮은이들을 행복하게도, 눈물짓게도 만들었던 톨스토이의 금언입니다. 이 책에 실린 다양한 가족들의 이야기를 통해 우리의 가족을 돌아보며 서로의 삶을 이해하고, 아픔에 공감하며 새롭게 찾아올 만남 또한 온 가슴으로 끌어안을 수 있는 따스함을 느끼기를 소망합니다.

2023년 5월

끌어안음으로,

따스함을 나누고픈 마음을 담아

차례

정지아

1990년 『빨치산의 딸』을 펴내며 작품 활동을 시작했다.
소설집 『행복』, 『봄빛』, 『숲의 대화』, 『자본주의의 적』,
장편 소설 『아버지의 해방일지』 등을 썼다.
김유정문학상, 심훈문학상, 이효석문학상, 한무숙문학상,
올해의소설상, 노근리평화문학상 등을 수상했다.

01

말의 온도

사랑방으로 거처를 옮기겠다고 고집한 건 어머니였다. 이혼한 딸내미가 떡하니 안방을 차지하고 늙은 어머니를 사랑방으로 내쫓는 꼴이었다. 오랜 이웃들의 입방아에 오르내릴 게 뻔했다. 그럴 거면 이사를 오지 않겠노라 으름장을 놓자 어머니는 해맑게 웃으며 말했다.

아이, 젊을 적에는 사랑방에 손님들이 들끓었어야. 남정네들이 손끝 하나 까딱 않고 삼시 세끼 따신 밥상 척척 받아 감시로 시나 읊어 대는디 고거이 고로코롬 부럽드란 말이다. 죽을 날도 지났는디 나도 고로코롬 펜하게 살아 볼란다.

사진 찍는 것도 불편해하는 어머니가 그날따라 대종상 여우 주연상감이라 해도 손색없을 자연스러운 연기를 펼치는 바람에 나도 깜빡 속고 말았다. 부랴부랴 사랑채 방 한 칸을 개조해 욕조를

들이고 비데를 설치했다. 어머니는 열여섯에 시집와 칠십 년 넘게 살아온 집에서 사랑방 손님으로 옮겨 갔다.

본채를 나 혼자 독차지하고 사니 편하기는 했다. 아마 어머니의 의중도 그러했을 것이다. 그러나 세상에 좋기만 한 일은 없는 법, 하루 세 번 밥 차려 나르는 게 보통 일이 아니었다. 가족도 아닌 손님들의 밥상을 하루 세 번 어머니는 어떻게 해 날랐을까. 어머니가 건너왔을 세월이 도무지 가늠되지 않았다.

어머니는 벌써 식탁 앞에 앉아 있었다. 평생 제시간에 밥을 먹어 온 어머니의 배꼽시계는 전자시계보다 정확했다. 7시에 아침밥을 먹으려면 적어도 6시에는 일어나야 했고, 어머니 모신 지 이 년 만에 나도 시계처럼 정확하게 눈을 뜨는 신기를 갖게 되었다.

아이, 비도 온디 멀라고 아침을 갖고 왔냐? 먹을 것 천진디.

다행히 가는 봄비라 우산을 쓸 것도 없었다. 포슬포슬 내리는 비에 벚꽃이 투명하게 젖어 가는 아침이었다. 나는 쟁반에 들고 온 것들을 탁자 위에 내려놓았다.

우산 받치고 들고 올라면 무거왔겄다이. 나가 오래 상게 니가 고상이다.

시간 맞춰 들고 오는 게 번거롭기는 해도 무겁지는 않았다. 평생 위병을 앓은 어머니는 뭐가 됐든 새 모이만큼 먹었다. 오늘 아침도 반 공기 남짓한 콩밥과 소고기뭇국, 조기구이, 접시 하나에 한 젓갈씩 모아 담은 숙주나물과 애호박나물, 미역줄기무침이 전부였다. 나머지는 다 나를 위한 찬이었다.

아이고, 진수성찬이다이. 힘든디 멀라고 반찬을 요로코롬 많이 했냐?

다 내 반찬이야. 나 먹으려고 했구만 또 쓸데없는 걱정이다.

나도 된장찌개 좋아해야. 멀라고 내 반찬을 따로 허냐, 성가시게. 그냥 된장찌개만 해 오제.

처음에는 나도 그런 줄 알았다. 아버지는 된장 없이 단 한 끼도 먹지 않았고, 해서 우리 집 밥상에는 사시사철 끼니마다 각양각색의 된장국이나 찌개가 올랐다. 말갛게 끓여 각자 입맛대로 매운 고춧가루 팍팍 넣어 먹는 동탯국이나 무조림, 무생채, 상추겉절이도 빠지지 않는 단골 메뉴였다. 어머니를 모시기 전까지 나는 그게 우리 집안의 식성이라 철석같이 믿고 있었다.

모시기 시작한 초창기에 어머니는 밥을 거의 먹지 않았다. 어른 한 숟갈 정도나 겨우 먹고는 아이, 많이 묵었다, 숟가락을 내려놓았다. 어머니 닮아 음식 솜씨가 나쁘지 않았고, 어머니가 해 준 대로 했는데도 그랬다. 너무 먹지 않아 걱정이 될 정도였다. 그 무렵, 오랜만에 비 내리는 숲을 보고 있는데 어린 시절 어머니가 비 오는 날이면 호박전 부치던 기억이 났다. 우리 식구 누구도 기름진 전을 좋아하지 않아 깨작거리다 말면 어머니 혼자 남은 전을 먹으며 중얼거리곤 했다.

비 오실 적에는 전인디…….

혹시나 해서 가늘게 채 썬 호박을 듬뿍 넣고 밀가루는 조금만 넣고, 어머니가 해 주던 대로 호박전을 부쳤다. 밥 한 숟갈 겨우 먹던 어머니가 호박전을 두 장이나 맛있게 먹었다. 내가 알고 있던 우리 집안 식성은 아버지 유전자의 식성이었던 것이다.

어머니가 내가 발라 놓은 굴비를 한 점 먹고는 동자승처럼 천진하게 웃었다.

아이, 조기가 참 맛나다. 나가 딸을 잘 둬가꼬 늘그막에 이런 호사를 다 누린다이.

호사는 무슨. 서울 사람들은 더 좋은 것만 먹고 사는데.

아이가. 끼니마동 고기며 생선으로 배를 채우는 사램이 시상천지에 워디 있다냐? 나만치 복 많은 사램 있으면 나와 보라 그래라. 나는 삼시로 요로코롬 큰 조기는 보도 못했다.

엄마 효자 아들이 보낸 거야.

오빠 이야기가 나오자 어머니는 짐짓 딴청을 부렸다. 내가 귀향한 뒤로 어머니는 늘 그랬다. 나를 고향으로 내려보낸 장본인은 큰오빠였다. 어머니 빼닮은 큰오빠는 어머니라면 껌뻑 죽는 사람이었다. 아버지 없는 집에서 허리도 안 좋은 어머니가 혼자 어찌 사시겠냐며 날마다 전화를 걸어 걱정을 늘어놓는 바람에 귀에 딱지가 앉을 지경이었다. 잔소리 많은 것까지 큰오빠는 어머니를 쏙 빼닮았다. 오빠 등쌀에 나는 결국 생각지도 않았던 귀향을 하고 만 것이었다.

나를 등 떠밀어 보내 놓고 정작 오빠는 고향에 잘 오지 않았다. 하기는 고향을 떠난 뒤 나도 그랬다. 명절 때, 부모님 생신 때나 겨우 고향을 찾았다. 늙은 부모가 둘이서 어떤 세월을 보내고 있을지는 관심 밖이었다. 나 살기도 바빴다. 오빠도 그럴 터였다. 경제학과 교수로 있다 정년퇴직한 오빠는 대기업 이사네 뭐네, 교수 시절보다 더 바쁘게 사는 모양이었다. 알면서도 간혹 배알이 꼴리는 것은 내려가라 등 떠민 장본인이라서였다.

긍게, 니가 고상이 많다. 조기 굽는 것이 월매나 힘든디…….

하나도 안 힘들어. 생선 굽는 기계가 있다니까. 올려놓으면 뒤집을 필요도 없이 그냥 구워지는데 뭐.

내가 내려오기 전만 해도 어머니는 커피포트로 물도 끓이고 전자레인지도 쓸 줄 알았다. 직접 밥을 하지 않게 된 뒤로 어머니는 기계 조작법을 자꾸만 잊어버렸다. 기를 쓰고 혼자 사는 편이 어머니의 기억력을 위해서는 더 좋았을지도 모른다. 효자 아들이 어머니의 기억을 더 빨리 지운 셈이다.

그러냐? 참말 좋은 시상이다이. 오래 살고 볼 일이다. 일찍 죽은 사람들만 불쌍허제.

어머니가 가스레인지를 쓰기 시작한 것은 불과 이십 년 전이었다. 우리가 가스레인지를 사 준다고 해도 어머니는 손사래를 쳤다. 그 무렵엔 읍에서 멀리 떨어진 데다 도로 포장도 되지 않은 우리 집에까지 가스 배달을 해 주지도 않았다. 가스레인지를 들인 뒤에도 어머니는 우리 남매들이 내려오면 굳이 아궁이에 불을 피워 숯 위에 생선이나 고기를 구웠다. 숯 향기가 배어 훨씬 맛있기는 했지만 불 앞에 쭈그려 앉아 수시로 석쇠를 뒤집어야 했다. 그 고달픈 노동으로 어머니는 우리의 배를 채웠다. 어머니는 자기 앞에 놓인 굴비구이도 그만한 노동을 거쳐 나온 줄 아는 것이다.

참, 큰오빠가 어젯밤에 돈을 오백이나 보냈습디다.

아이고, 잘했다. 고놈으로 우리 현이 등록금 하먼 쓰겄다. 이리 늙응게 워디서 돈 생길 디도 읎어서 쩌번에 현이 왔을 적에 용돈 한 푼 지대로 못 준 것이 한이드만은 인자 맴이 놓인다.

기다렸다는 듯이 말을 받는 걸 보니 내 짐작이 옳았다. 어머니가 오빠에게 아쉬운 소리를 한 게 분명했다. 자식들에게 생전 그런 적 없던 어머니가 내가 온 뒤로 오빠들에게 자꾸만 아쉬운 소리를 했다.

현이 장학금 받았다니까! 오빠들한테 아쉬운 소리 좀 하지 마. 그만한 돈은 있다니까 자꾸 그래 엄마는. 오빠들 보기 창피해 죽겠어!

나도 모르게 언성이 높아졌다.

알았다 알았어. 아가, 화내지 말그라이. 소화 안 된다. 다시는 안 그럴랑게 얼른 밥 묵어라.

어머니가 내 손에 숟가락을 쥐여 주었다. 죽을 날 지나 혈액 순환이 원활하지 않은 어머니의 손끝은 얼음장처럼 차디찼다.

진짜지? 한 번만 더 그러면 도로 서울 가 버릴 거야!

어매도 읎이 머시매 혼차 밥해 묵고 댕기니라 월매나 힘들 것이냐. 현이가 하도 짠혀서 그랬제. 다시는 안 그럴랑게 지발 화 풀어라이.

현은 내 귀향 계획을 누구보다 반겼다. 엄마의 잔소리에서 벗어나 '싱글 라이프'를 즐기는 게 현의 로망이었다. 그런데도 현은 어머니의 제일 아픈 손가락이었다. 현이 어릴 때 내가 이혼을 한 게 이유였다. 한창때 아비도 없이 어떡하느냐고 어머니는 나만 보면 눈물 바람이었다. 나 역시 아픈 손가락이긴 했다. 이혼했다고 통보했을 때 어머니는 본 적 없는 서슬 퍼런 눈으로 나를 쏘아보며 말했다.

재혼은 생각도 말그라. 애 딸린 에미가 재혼은 무신! 새끼 팽개치고 남자 바꾸는 것이 워디 사램이다냐!

그리 야멸차게 굴었으면서 어머니는 내가 남자도 없이 혈혈단신으로 자식 키우고 사는 게 또 안타깝고 안쓰러워 눈물로 날을 지새웠다. 아버지 살아 있을 때는 두 노인네가 수시로 나를 찾아왔다. 온갖 먹을 게 담긴 라면 박스를 두세 개씩 들고. 내려가고 난 뒤에는 반드시 전화가 왔다.

싱크대 오른쪽 맨 아래칸 반찬 통 뒤져 보그라.

반찬 통에는 당연히 돈다발이 들어 있었다. 두 노인네가 뼛골 빠지게 농사지어 만든 돈이었다. 자식들 다 먹고살 만하니 제발

일 좀 그만하라고, 사람들이 자식들 욕한다고, 오빠들과 내가 만날 때마다 으름장을 놓았지만 아버지는 가타부타 말없이 돌아가시기 전날까지 손에서 일을 놓지 않았다. 자식들 으름장에 변명이라도 하는 것은 어머니였다.

느그들 한창 클 때 잘 멕이도 못흐고 잘 입히도 못흔 것이 느그 아부지나 나나 평생 한이라 근다. 해 준 것도 없음시로 자석들 등쳐 묵고 살아 쓰겄냐.

잘 키웠으니까 촌구석에서 자식들 다 이만큼이나 됐지.

워디 우리가 잘 키웠가니. 느그가 알아서 잘 컸제. 니는 딸이라 집안일 거든다고 오래비들보담 곱절로 고생을 했는디……. 불평 한번 안코 잘 커 줬어야. 참말로 고맙다이.

정말로 고마워 죽겠다는 듯 매번 눈물을 글썽이며 등을 쓰다듬었지만 오빠들은 몰라도 내가 불평 한번 하지 않았다는 건 백 퍼센트 거짓말이다. 어린 시절 나는 늘 입이 댓 발이나 나와 있었다. 돌이켜 보면 그 시절 부모치고 차별이 덜했는데도 그랬다. 달이 뜨도록 일하는 어머니를 대신해 저녁을 준비할 때면 오빠들 들으라고 일부러 스텐 그릇을 집어 던지듯 다뤘다. 텃밭에서 채소 좀 따오라는 어머니 말에도 오빠들은 손이 없냐, 발이 없냐, 매번 불뚝거렸다. 아침마다 도시락 싸는 어머니 옆에서 매눈을 하고 오빠들 반찬과 내 반찬이 하나라도 다른 게 있는지 감시했고, 오빠 중 누구라도 새 옷을 얻어 입은 날이면 식음을 전폐했다. 결국 어머니는 땡빚을 내서라도 내 옷을 살 수밖에 없었다. 대학에 진학할 때는 무려 보름을 굶었다.

귀허디 귀헌 딸자석을 워찌 천리타향으로 보내겄냐? 광주교대로 가자이.

귀하디 귀한 딸자식이라서가 아니었다. 그때 서울서 대학원과 대학에 다니던 오빠 둘은 단칸방에서 자취를 하고 있었다. 내가 가면 방 두 개짜리로 옮겨야 하는데 농사짓는 부모님으로서는 그럴 여유가 없었다. 오빠 둘 등록금만 해도 허리가 휘었다. 등록금도 싸고 기숙사도 있는 광주교대가 부모님으로서는 최선의 선택이었다. 그러나 코딱지만 한 동네를 벗어나 서울로 가는 게 소원이었던 나로서는 딸이라고 차별하는 것으로밖에 생각되지 않았다. 식음을 전폐한 끝에 기어이 서울교대로 진학했다. 나는 그런 딸이었다. 불평 한번 없었다니. 어머니는 나이 들면서 좋지 않은 기억을 모두 지워가는 듯했다. 참으로 편리한 기억력이었다. 덕분에 불만 많고 까칠해서 걸핏하면 부모에게 대들던 나는 세상에 다시없는 효녀가 되었다.

엄마. 나 살 만해. 그러니까 걱정하지 마.

살 만허기는. 둘이 벌어도 힘든 시상인디 지 혼차 벌어서 제우제우 입에 풀칠이나 했겄지. 안 봐도 훤흐다.

현이도 이번이 마지막 학기고, 몇 년 있으면 연금도 나오고, 명예퇴직하면서 받은 목돈도 있어. 뭐가 걱정이야. 여기 온 뒤로는 돈 쓸 일도 없구만.

돈 쓸 일이 왜 없겄냐. 보일라 지름값이다 가스비다 찬값이다, 목심 붙어 있으먼 돈 쓸 일 천지제.

오빠들이 다 줘.

머시매들이 머슬 알가니. 즈그들은 준다고 주겄제만 살림허는 여자헌티는 만날 모자란 것이 돈이여. 거개다 니 손이 오직이 크가니. 끼니마동 이리 비싼 생선을 한 마리씩 턱턱 내놓다가는 만석꾼도 거덜 날 판이여. 느그 오래비들은 그런 속은 알도 못헐 것잉마.

그 굴비, 큰오빠가 보낸 거라니까. 오빠가 다달이 굴비 한 두름씩 보내.

어머니 모신 뒤 어느 날 오빠에게 물었다.

엄마가 젤 좋아하는 음식이 뭔지 알아?

호박전. 부추전도 좋아하시지.

딸인 내가 모르는 것을 오빠는 알고 있었다. 딸이라고 또 무슨 차별을 하나, 내가 세모눈을 하고 쌈닭처럼 덤비는 동안 오빠는 찬찬한 눈으로 부모님을 살피고 있었던 걸까. 도둑이 제 발 저려 괜스레 쏘아붙였다.

나는? 나는 뭐 좋아하는지 알아? 그건 모르지?

생김치.

그걸 오빠가 어떻게 알아?

입도 짧은 애가 생김치만 있으면 밥을 두 공기씩 먹었잖니. 그래서 너 아프기만 하면 엄마가 생김치를 담갔어. 가시내라 까탈스러워서 손이 두 배는 간다고 엄마가 그러시더라.

어머니는 내 앞에서 한 번도 그런 말을 하지 않았다. 내가 아니라 아들에게 속을 털어놓으며 산 모양이었다. 고슴도치처럼 늘 가시를 세우고 있는 나 때문이었을 것이다. 문득 내가 아니라 오빠가 내려왔다면 어머니가 사랑채로 옮긴다고 고집을 부리지 않았을 거라는 생각이 들었다. 사랑채와 본채의 거리가 나와 어머니의 거리였다. 내가 만든 거리였다.

엄마 굴비 좋아해. 고깃국이랑 사골국도.

엄한 오빠에게 퉁명스레 쏘아붙이고는 전화를 끊었다. 그날 이후 오빠는 다달이 사골과 굴비 한 두름씩을 보낸다.

소고기뭇국을 떠먹던 어머니가 함박웃음을 지었다.

니는 참말로 못허는 것이 읎어야이. 출근허고 사니라 밥도 지대로 못 해 묵었을 것잉디 워치케 요로코롬 맛나다냐? 나가 헌 것보담 백배는 맛나다. 나는 펭상 밥만 험서 살았는디도 요런 맛이 안 나등만.

그럴 리가 만무했다. 어머니 솜씨는 동네서도 유명했다. 김장철이면 이 집 저 집 불려 다니느라 발바닥에 불이 날 정도였다. 어머니가 담근 멸치액젓은 다른 집과 달리 감칠맛이 돌았고, 어머니가 말린 곶감은 유달리 분이 곱게 났다. 어머니 된장에는 골마지도

끼지 않았고, 구더기도 끓지 않았다. 마을 사람들은 어머니 손이 금손이라고들 했다. 나도 솜씨가 없는 편은 아니지만 어머니에는 댈 바가 아니었다. 무엇보다 나는 요리를 즐기지 않았다. 현이 군대에 가고 난 뒤 만세를 불렀을 정도다. 아들 군대 가는 걱정보다 식사 준비로부터 해방된 기쁨이 더 컸다. 삼시 세끼 먹는 것이 나에게는 살기 위해 어쩔 수 없이 감내해야 할 귀찮고 고통스러운 의식일 뿐이었다.

어머니는 달랐다. 어머니에게 음식은 가족을 먹여 살리는 성스러운 의식이었다. 겨울이면 어머니는 두 시간을 걸어 읍내 장에 갔다. 자식들에게 비린 것을 먹이기 위해서였다. 동태 한 궤짝을 머리에 이고 온 어머니는 펌프가 설치된 수돗가에서 차디찬 물로 반나절에 걸쳐 동태를 손질했다. 동지섣달 칼바람이 휘몰아쳐도 어머니의 칼질은 멈추지 않았다. 어머니가 손질한 동태로 끓인 국은 콩나물국처럼 맑디맑았다. 어머니는 꼬막도 일일이 칫솔로 닦았다. 우리 식구 먹을 양을 하나하나 칫솔로 닦으려면 그 또한 한나절이었다. 어머니 손은 겨우내 발갛게 곱아 있었다.

힘들게 누가 그러고 있어? 그냥 양재기에 담고 한꺼번에 박박 문지르면 되지.

어느 겨울, 보다 못한 내가 한 소리 했더니 어머니는 발간 손으로 꼬막을 박박 닦으며 말했다.

내 자식 입에 들어갈 것인디 그럴 수가 있가니. 하늘로 떠받쳐도 아깝고 귀헌 내 자석들인디. 부모가 자석을 귀히 여겨야 넘들도 귀하게 여기는 법이여야.

덕분에 우리 남매는 뻴 하나 없이 말간 꼬막을 먹고 자랐다. 귀하게 자란 어머니의 자식들은 서울로 간 뒤 한동안 서울 음식에 적응하지 못해 비쩍비쩍 말랐다. 올케들은 남편의 까탈스러운 식성 때문에 넌덜머리를 냈다.

나가 늘그막에 먼 복잉가 모리겄다. 니가 이리 잘해 멕여서 궁가 아픈 디가 한나도 없어야. 내 평상 첨이랑게.

내가 잘해 먹여서가 아니었다. 아버지 가고 내가 모신 뒤로 속병이 사라진 걸 보면 식성에 맞지 않은 음식이 문제였다. 남달리 예민한 사람이 아버지 식성대로 맵고 짠 것만 먹고 살았으니 위장병을 달고 살 수밖에. 나는 어머니 모신 지 몇 달 만에 내 반찬을 따로 만들기 시작했다. 엄마 입맛에 맞게 한 음식들이 도무지 당기지 않아서였다.

잘해 먹여서 그런 게 아니라 엄마 식성에 맞는 걸 먹어 그렇지. 엄마는 평생 어떻게 아버지 입맛에 맞추고 살았어?

내 식성이 워떤지 알기나 했가니. 니 아부지가 해 달란 대로 해 줬제.

자기 식성도 몰라?

나만 그랬가니? 그 시절에 여자들은 다 그랬을 것이다. 어매가 주는 대로 묵고, 남편이 묵자는 대로 묵고 살았제.

엄마는 고깃국이랑 사골국만 좋아해. 고깃국 중에서도 미역국은 꼭 남겨.

미역국도 맛나야.

맛있으면 왜 남겨? 엄마 미역국 싫어한다니까.

그냐?

어머니는 부끄러운 듯 배시시 웃음을 흘리며 덧붙였다.

글고 봉게 시집오기 전에 생일이라고 워쩌다 미역국을 끓에 주면 손도 안 댔어야. 니 말이 맞는갑다.

어머니와 말을 하다 보면 이상한 대목에서 심장이 저렸다. 어머니가 어머니가 아니고 외할머니의 딸이던 시절에는 먹고 싶지 않은 것을 먹지 않기도 했던 것이다. 그러니까 어머니는 처음부터 어머니가 아니라 한때는 마음껏 투정을 부려도 되는 딸이기도 했던 것이다. 열여섯에 시집와 스물둘에 큰오빠를 낳았으니 어머니가 어머니로 살아온 세월은 육십칠 년, 어머니가 딸로 살아온 세월은 고작 십육 년이었다. 어머니가 딸이었던 시절을 나는 전혀 알지 못한다. 시집오기 직전에 외할머니가 세상을 떴고, 어머니가 일찍 간 자신의 어머니를 두고 평생 애달파했다는 것만 알고 있을 뿐이다. 어머니는 숟가락을 든 채 멍하니 생각에 잠겨 있었다. 아마 자신의 어머니가 살아 있던 어떤 시절의 기억을 더듬고 있을 터였다. 그 시절은 가고 없으니 그만 돌아오라는 듯 전화벨이 요란하게 울렸다. 광주 사는 둘째 고모였다.

둘째 고모는 정 많고 눈물도 많아 어머니에게는 제일 가까운 시누였다. 그러나 속엣것을 눈곱만큼도 감추지 못하는 솔직한 성품이라 한 번씩 어머니 속을 뒤집었다. 아버지가 돌아가셨을 때 어머니는 고모 때문에 속이 상해 장례식 내내 물 한 모금 넘기지 못했다. 장례식장에 오자마자 둘째 고모가 우리 남매를 앉혀 놓고는 자식이 셋이나 있으면 뭐 할 것이냐, 서울 가서 성공했다더니 아버지 건강 검진 한번 안 시켰냐 호통을 쳤던 것이다. 고모 말이 다 옳았다. 아버지는 심근 경색으로 세상을 떴고, 건강 검진만 해 봤으면 피할 수도 있는 죽음이었다. 고모의 그 솔직한 말이 어머니에게는 비수였다. 어머니도 내심 우리에게 서운했을지 모른다. 그러나 어머니는 그때도 이후로도 그런 속내를 내색하지 않았다. 어머니는 그런 사람이었다.

어린 시절, 읍내 살던 고모가 집에 온 적이 있었다. 나는 고모가 온 줄도 모르고 무슨 책인가를 읽는 중이었다. 고모가 매운 손으로 내 등짝을 후려쳤다.

가시내야. 니는 어른이 왔는디 인사도 안 허냐! 자네, 야 버릇 좀 갈체야 쓰겄네. 지 어매가 동동거림시로 일허고 있는디 가시내가 발랑 드러눠서 머 허는 짓이대?

공부허는 중이잖애라. 쟈는 책만 잡으면 전쟁이 나도 모린당게요. 긍게로 만날 일 등이잖애라.

우리 남매가 서울에 모여 살 때 작은오빠가 오랜만에 온 어머니를 붙잡고 내 흉을 봤다. 샴푸 뚜껑도 안 닫고 아무 데나 던져 놓질 않나, 비누통 물을 빼지 않아 비누가 퉁퉁 붇질 않나, 짜증이 나서 미치겠다는 거였다.

무슨 계집애가 우리보다 더해. 쟤 머리카락이 수챗구멍을 막아서 더러워 죽겠다니까! 쟤 저러다 시집도 못 가. 저런 걸 누가 데려가겠어. 나라도 안 데려간다.

그날 혼이 난 건 내가 아니라 작은오빠였다.

니는 동생헌티 그거이 헐 소리냐? 글고, 긍게 막냉이가 공부를 잘허는 것이여. 집중력이 좋응게로.

공부만 잘하면 뭐 해? 더러워 죽겠는데.

공부 잘하면 됐제 또 뭣이 필요허가니? 여자라고 다 깨끔해야 된다는 법이 있다냐? 더러와 죽겄으면 죽겄는 니가 치우면 되겄다.

어린애처럼 미주알고주알 일러바치는 작은오빠를 흘겨보고 있던 나는 어머니 말에 눈이 휘둥그레졌다. 놀라기는 오빠도 마찬가지였다. 서울 온 지 한두 달 만에 낭창낭창한 서울말을 유창하게 구사하던 오빠 입에서 귀에 익은 사투리가 튀어나왔다.

아따, 신식이요이. 알고 봉게 우리 어매가 최고로 신식이그마.

어머니가 오빠 말대로 신식인지는 알 수 없다. 딸인 나를 대학까지 가르친 걸 보면 그런 것 같기도 하지만 오빠들과 달리 교대에 보낸 걸 보면 아닌 것 같기도 하고, 자식 두고 재혼은 절대 안 된다고 못 박은 걸 보면 더욱 아닌 것도 같았다. 다만 누구 앞에서도 자식들의 허물을 들추지 않는 사람이라는 건 분명했다. 심지어 자식들에게조차 그 허물을 애써 덮는 사람이었다. 둘째 고모와 통화하고 나면 어머니는 번번이 소화제를 먹었다. 말을 하지 않으니 알 수 없지만 솔직한 둘째 고모가 분명 우리 남매 중 누군가의 흉을 봐서일 터였다. 그래서 나는 둘째 고모의 전화가 반갑기도 했지만 불안하기도 했다.

지난 주말에도 다녀갔는디 그거이 먼 소리대요? 성님은 벨소리를 다 하요이. 아무 문제 없당게요. 사이만 좋구만은 워디서 먼 소리를 들었대?

아니나 다를까, 어머니의 음성에서 싸한 기운이 느껴졌다. 지난 주말에 다녀간 사람은 아무도 없었다. 사이 운운하는 걸 보니 내 이야기인 듯했다. 어머니는 친척들에게 내 이혼을 철저하게 숨겼다. 이혼한 게 벌써 십오 년 전, 이제는 털어놓을 법도 하건만 어머니는 이혼의 이응 자도 꺼내지 못하게 했다. 서울 살 때야 그럭저럭 지나갔지만 어머니 곁으로 오고 보니 숨기는 데도 한계가 있었다. 아무리 바쁘다고 몇 년 동안 아내 한 번 찾아오지 않는 남편이 어딨겠는가. 동네 사람들이 수군거리는 게 당연했다. 고모 성품을 닮았는지 친척이나 동네 사람들에게 거짓말할 때마다 나는 짜증이 치밀었다. 참다못해 한번은 따져 물었다.

딸 이혼한 게 그렇게 부끄러워?

부끄러워 글가니. 요즘 시상에 이혼이 머 숭이나 된다냐? 씰데

없이 숭잡힐깨비 글제.

흉이나 되냐는 앞말과 흉잡힐까 봐 그런다는 뒷말 사이의 모순을 어머니는 훌쩍 건너뛰었다. 앞말은 나를 보는 어머니 시선이요, 뒷말은 남의 시선, 모순을 품은 그 마음이 모정일 터였다. 그 마음이 짜증스럽기도 하고, 그 마음에 죄스럽기도 했다.

어머니가 둘째 고모와 통화하면서 소화 불량에 시달리는 사이, 나는 처방 약을 식탁의 어머니 자리에 가만히 올려놓았다. 화를 잘 다스려 훈훈한 인사로 전화를 마무리한 어머니가 식탁으로 돌아왔다.

먼 책이냐?

나는 손을 뻗어 표지에 적힌 내 이름을 톡톡 두드렸다.

워매! 니 책이냐?

별건 아니었다. 고향 내려와 남아도는 건 시간, 하도 심심해 읍내 도서관에서 글쓰기 강의를 들었다. 두어 해 끄적이다 보니 운 좋게 별로 유명하지 않은 공모전에서 입상을 했고, 도서관에서는 실적이 필요했다. 그 덕에 지원금을 받아 수필집을 몇 부 찍었다. 서점에 놓일 일도 없고 누구에게 줄 일도 없었다. 다만 한 사람, 뛸 듯이 기뻐하지 않을까 싶어 부끄러움을 무릅쓰고 출판하기로 결정한 책이었다. 어머니는 밥 먹던 것도 잊고 책을 펼쳐 들었다.

식사 마저 하셔. 국 다 식겠네.

아랑곳하지 않고 어머니는 고개를 파묻다시피 책날개에 적힌

약력을 소리 내 읽기 시작했다. 서울교대 졸업, 서울대 교육대학원 박사, 삼십삼 년간 교사로 재직, 어머니가 소리 내 읊는 한 줄 한 줄의 내 부끄러운 시간들이 어머니에게는 뿌듯하고 자랑스러운, 살맛 나는 시간이었다. 그 시절로 돌아간 듯 어머니 얼굴이 발그레 달아올랐다. 박사 학위를 받던 날, 어머니는 내 박사모와 가운을 입은 채 기쁨에 차오르는 눈물을 꾹 삼키며 내 손을 힘주어 잡았다. 집으로 돌아가는 차 안에서 어머니는 아무 말 없이 따뜻한 손으로 자꾸만 내 등을 쓰다듬었다. 고생했다는, 장하다는, 무언의 칭찬이었을 것이다. 늙은 어머니는 그때와 달리 말이 많았다.

우리 딸, 참말 대단허다. 배운 적도 읎는디 워치케 글을 다 쓰까이. 내 딸이 최고다!

내가 글 배우러 매주 두 번씩 읍내에 갔던 걸 어머니는 까맣게 잊었다. 늙은 어머니의 오늘은 쉽게 잊히고, 묵은 기억은 선명해진다.

니는 에레서부텀 그랬어야. 못허는 것이 없었당게.

그 또한 거짓이었다. 나는 공부 외에는 잘하는 게 하나도 없었다. 운동은 젬병이요, 나물 캐는 것도 다슬기 잡는 것도 동네서 꼴찌였다. 어머니의 가사 노동을 조금이나마 덜어 주는 그런 일에는 관심도 없었다. 너무 솔직한 데다 낯가림이 심하고 까칠하기까지 해서 친구도 많지 않았다. 잘난 척도 어지간히 했다. 그런 내가 어머니의 기억 속에서는 못하는 것 하나 없는 만능의 천재인 것이다.

니, 기억나냐? 다섯 살이나 됐능가, 읍내 큰집 갔다가 니 혼차 장에를 다녀왔잖애? 큰집에서 장이 월매나 먼디……. 자개 자석들은 열 살 넘도록 혼차 장에도 못 가는디 참말 똑똑허다고, 잘난 가시내 나 놨다고, 큰어매가 두고두고 칭찬이 늘어졌어야. 니가 고로코롬 똑똑했당게. 그때부텀 나는 니가 크게 될 중 알았다. 장허다, 우리 딸. 참말로 장허다와.

교대 나와 남들 다 가는 교육대학원 졸업한 것이 전부인 인생이었다. 집에서 살림이나 살았으면 하는 보수적인 남편과 하루가 멀다고 싸울 때는 나락으로 곤두박질치는 것 같았고, 점점 되바라져 가는 아이들이 내 말을 귓등으로도 안 들을 때는 내 인생이 고작 이 정도인가 허망하기도 했었다. 그런 인생을 어머니는 장하다고, 참말로 장하다고, 연신 칭찬하고 있는 것이다. 하기야 어머니는 평범한 우리 남매를 하늘로 떠받칠 만큼 귀한 존재로 여기는 사람이었다. 그 덕분에 우리는 인생의 고비마다 주저앉지 않고 그럭저럭 다시 일어날 힘을 얻었는지도 모른다. 아이구, 그래, 엄마 딸 천재다 천재, 반내골 천재, 목구멍까지 차오른 말을 나는 꿀꺽 삼켰다. 예전에는 아무렇지 않게 내던졌을 말이었다. 어머니가 늙은 탓이다. 아니 내가 늙은 덕인가, 문득 그런 생각이 들었다. 언젠가 어머니가 그랬다.

아이, 여든다섯에 모르겠던 것을 여든여섯 되게 알겄어야.

죽을 나이 지났다면서도 살아야 할 이유를 찾아내는 어머니가 신기하기만 했는데 어머니 말이 옳을지도 몰랐다. 늙음에 있어서는 어머니가 선배다. 여든여섯에도 새롭게 알아지는 것이 인생이라면 환갑도 지나지 않은 내 앞에는 새롭게 알아질 것들 천지였다. 그러고 보니 글쓰기 강좌에 등록할 용기를 낸 것도 여든여섯 되니 알겠더라는 어머니 말 덕분이었다.

평소처럼 가시 돋친 말을 내뱉는 대신 나는 마지막 남은 굴비 살점 하나를 어머니 밥 위에 가만히 내려놓았다. 굴비는 이미 식어 꾸덕꾸덕했다. 식은 굴비라도 배 속에 들어가면 어머니의 피가 되고 살이 될 터였다. 어머니는 식은 굴비를 세상에 다시없는 진미라도 되는 양 맛있게 먹었다. 평범한 우리 남매도 어머니에게는 저 식은 굴비와 같을 것이다.

아이, 나가 참말 무신 복잉가 모리겄다. 걱정이 한나도 없어야. 시상에 나맹키 행복한 사램이 워딨겄냐?

요즘 들어 어머니는 끼니마다 뜬금없이 행복하다는 고백을 했다. 큰오빠에게 말을 전했더니 한참이나 대꾸가 없었다.

엄마가 행복하시다잖아? 좋아하라고 전했구만 왜?

내 말에 오빠는 쯧쯧 혀를 찼다.

언제 철들래? 진짜 행복해서 하시는 말씀이겠냐? 자식 손주 맘껏 못 보시는데 행복은 무슨! 당신 가시고 나도 아쉬워하지 말라고, 우리들 편하라고 하시는 말씀이지.

모시는 나보다 어머니 마음 더 잘 헤아리는 큰오빠에게 꼬라지가 나서 쏘아붙였다.

엄마 맘 그렇게 잘 헤아리는 사람이 왜 오지도 않는대?

내가 꼬라지를 부리든가 말든가 오빠는 긴 한숨을 내쉬었다.

그러게. 그 쉬운 게 쉽지가 않네. 별일도 아닌데 뭐가 그리 바쁜지……. 다 핑계지 뭐. 일간 한번 내려가마.

오빠가 제풀에 꺾이자 꼬라지 부린 내가 민망했다.

됐어. 엄마는 오빠가 바쁠수록 좋아하셔. 내 자식이 잘나서 못 오는 거라고 스스로 가스라이팅하는 사람이니까 맘 쓰지 마. 오빠 일이나 잘해.

어머니가 웬일로 밥을 말끔히 비웠다. 세상에 내놓지도 못할, 내 이름으로 나온 책 한 권의 힘이었다.

엄마, 마실 가세. 벚꽃이 만개했어. 이따 비 그치면 꽃구경하러 가세.

마을로 진입하는 길가에 며칠 전부터 벚꽃이 한창이었다. 햇빛 화창한 날의 벚꽃도 일품이지만 가는 비에 젖은 벚꽃은 고적하니 또 다른 맛이 있었다. 내가 어린 시절, 어머니는 비처럼 흩날리는 벚꽃 아래 우두커니 서 있곤 했다. 그때의 어머니는 어머니임을 잠시 잊은 것처럼 보였다. 오늘도 어머니가 어머니임을 잠시 잊었으면 싶었다.

갸는 정 읎어.

그 옛날 젊었던 어머니는 정 없이 일찍 떠나 버린 어머니를 그리며 벚나무 아래를 서성였던 것일까? 그러나 늙은 어머니의 얼굴에서 회한 같은 건 비치지 않았다.

그럼 산수유 보러 가세.

벚꽃보다 한 달 먼저 핀 산수유꽃은 아직도 연노랑으로 산과 들을 수놓고 있었다.

갸는 속 읎어.

어머니 입가에 보일 듯 말 듯 웃음이 번졌다. 어머니 머릿속에서 어떤 기억들이 떠오르고 있는지 알 것 같았다. 서울 사는 셋째 고모는 부부 싸움만 하면 우리 집으로 내려왔다. 한 달이고 두 달이고 눌어붙어 어머니 속을 끓이던 셋째 고모는 이미 세상을 떠난 지 오래였다.

서울 고모만 생각하믄 미안해 죽겄어야. 난중에 가고 난 뒤에사 알았는디 고숙헌티 허구헌 날 맞고 살았단다. 좋아허는 갈치나 양껏 지져 줄 것을……. 죽어서도 나가 서울 고모 볼 낯이 읎다.

겉으로는 표를 내지 않아 몰랐는데 부처님 가운데 토막이라는 어머니 마음속에도 때로는 지옥이 들끓었던 것이다. 그 지옥은 우리 때문이었다. 우리 먹을 것도 부족하던 시절에 시댁 군식구가 달가웠을 리 없다. 우리가 어머니에게는 천국이고 지옥이었다.

벚꽃이든 산수유든 아무 꽃이나 보러 가세.

꽃을 멀라고 나가서 볼 것이냐. 눈앞에 젤로 이쁜 꽃이 있는디.

낼모레 환갑인 딸을 보며 어머니는 환하게 웃었다. 마음속에 봄이 몽글몽글 피어올랐다. 어머니의 따뜻한 말이 피워 낸 봄이었다. 문을 닫기 전에 나는 어머니를 돌아보았다. 내가 나가자마자 불을 끈 방 안은 어두침침했다. 어둠 속에서 어머니의 시선은 하염없이 내 뒤를 좇고 있었다. 오래 햇빛을 보지 않아 희디흰 어머니의 얼굴은 이지러진 데 하나 없는 보름달 같았다. 내 걸음걸음 보름달의 환한 빛이 고여 있었다.

손보미

2011년 단편 소설 「담요」가 동아일보 신춘문예에 당선되며
작품 활동을 시작했다. 소설집 『그들에게 린디합을』,
『우아한 밤과 고양이들』, 『맨해튼의 반딧불이』, 『사랑의 꿈』,
장편 소설 『디어 랄프 로렌』 등을 썼다. 젊은작가상, 한국일보문학상,
김준성문학상, 대산문학상, 이상문학상 등을 수상했다.

02

담요

한과 만났던 마지막 날을 기억한다. 내가 『난 리즈도 떠날 거야』를 출간한 지 얼마 되지 않았을 때였다. 아주 오랜 시간이 흐른 후에 누군가 소설가로서 내 인생을 평가한다면, 그게 누구더라도, 『난 리즈도 떠날 거야』를 내 삶의 전환점으로 다룰 것이라고 확신한다. 등단한 지 꽤 오래되었지만, 별 볼 일 없는 무명 소설가였던 내게 『난 리즈도 떠날 거야』는 돈과 명성을 안겨 주었다. 이 작품이 내게 안겨 준 것이 하나 더 있었는데, 그것은 친구인 한과의 절교였다. 한은 『난 리즈도 떠날 거야』를 읽고 몹시 화를 냈고, 결국 나를 다시는 만나고 싶지 않다고 말했다. 자신의 상사인 장의 사적인 이야기가 내 소설에 고스란히 담겨 있으며, 그것이 장에게 큰 상처가 될 거라는 이유에서였다.

한은 자주 장에 대해 이야기했다. 그건 사람들이 흔히 하는 직장 상사 험담 같은 게 아니었다. 오히려 그 반대였다. 장 이야기를 하는 한의 표정은 장에 대한 신뢰와 애정으로 가득했다. 나는 장에 대한 이야기를 수십 번도 넘게 들었다. 너무 사소하고 하찮은 것까지 이야기해서 저런 것까지 말할 필요가 있을까 싶을 정도였는데, 그렇다고 내가 한의 이야기에 성실히 귀 기울였던 것은 아니다. 사실, 그 당시 나는 장이 실제로 존재하는 사람이라고 전혀 느끼지 못했다. 장은 우리의 대화를 위해 어디선가 나타나 우리 사이에 앉아 있다가, 자신의 이야기가 끝나면 사라져 버리는 '이야기 속'의 존재였을 뿐이었다. 그래서 한이 "넌 그분의 인생을 훔쳤어! 그게 얼마나 치졸하고 역겨운 짓인 줄 모르는 거야?"라고 말했을 때에는, 한이 지나치게 화를 낸다는 생각에 조금 어리둥절하기도 했다. 한은 내 전화도 받으려 하지 않았다. 내 쪽에서도 그렇게까지 큰 잘못을 저질렀다는 생각이 들지 않았으므로 적극적으로 나서지 않았다. 게다가 나는 그때 내 성공에 완전히 도취되어 있었다. 이 년 후, 한이 죽을 때까지 나는 한을 만나지 못했다. 대신 한의 장례식장에서 나는 장을 보았다. 누군가 알려 주지도 않았는데, 그가 장이라는 것을 나는 단박에 알아차렸다.

그로부터 일 년 후, 겨울이 막 끝나갈 무렵, 허름한 술집 안에서 나는 장과 마주 앉아 있게 된다.

장은 한이 근무하던 파출소의 소장이었다. 한의 말에 따르면 장의 인생은 태어날 때부터 좋은 쪽으로 결정된 거나 다름없었다. 유복한 가정에서 태어났고, 대단한 미남이라고 할 수는 없었지만 누구에게나 호감을 주는 인상이었다. 성적은 상위권이었고 별 어려움 없이 경찰대에 입학했다. 우수한 성적으로 졸업했으며, 졸업 후 의경 기동대에서 의무 복무한 후 곧바로 본청의 정보국으로 발령받았다. 만약 장의 부모님이 자신들의 작고 귀여운 아들의 사주를 보았다면, 그들은 이런 말을 들었을 것이다. "이 작고 예쁜 아이의 인생은 삼십 대 중반부터 엉망진창이 될 겁니다." 장은 성실한 데다가 업무 능력이 뛰어나서 상관들의 총애를 받았지만, 경감 승진을 앞두고 있던 해에 스캔들에 연루되었고, 결국 도시 외곽에 있는 아주 조그마한 파출소로 발령받게 된다. 그리고 그 후로 장은 본청으로 나가거나 승진할 기회를 영영 잃어버렸으며, 변두리 파출소를 전전해야만 했다. 당시 그 사건은 연일 매스컴에 보도됐고, 고위 간부 여러 명은 경찰복을 벗었다. 장의 지인들은 장이 이런 일을 겪기 전에 아내가 죽은 게 차라리 잘된 일이라고 말하기도 했다. 장의 아내는 장이 한직으로 좌천되기 일 년 전에 죽었다.

장의 아들은 그 당시 일곱 살이었다. 장의 아내는 아들을 임신했을 때 이미 병에 걸려 있었다. 그 몸으로 아이를 출산하는 건 무리였다. 장을 비롯한 주위 사람들은 아이를 지우라고 했지만, 장의 아내는 고집을 부렸다. 모두 장의 아내가 억지를 부린다고 생각했다. 그건 마치 자살 기도 같았다. 출산을 감행한다면 산모와 아이 모두 죽을 가능성이 높다고 의사가 경고했지만, 실제로 출산 때 죽은 사람은 아무도 없었다. 장의 아내는 산송장에 불과했지만, 그리고 그 삶은 고통의 연속이었지만, 그렇더라도 수년을 더 살았다. 주위 사람들은 그 수년이 너무 오래 지속된다고 느꼈다. 나중에 술집에서 장을 만났을 때, 장은 나에게 이렇게 말했다. "아내가 죽었을 때, 모두 그녀의 죽음을 자연스럽게 받아들였소. 아무도 의아하게 생각하지 않았지." 장의 표현에 따르자면, 장은 일곱 살짜리 아들과 함께 이 세상에 "덩그렇게 남겨졌다.".

아내가 죽고, 스캔들에 휘말리고, 변두리 파출소로 좌천되었던 사건은 장의 인생에 중요한 영향을 끼쳤고 그때마다 장은 자신의 무언가가 변해 간다고 느꼈다. 하지만 그 사건들이 실질적으로—그러니까 겉으로 드러나는—장의 삶을 변화시킨 것은 아니었다. 아내가 죽은 후에도, 십 분 일찍 출근하는 장의 습관은 여전했다. 술을 절제했고, 절망하는 기색도 없었으며, 우울해하지도 않았다. 그는 완고함을 유지했고, 나약하게 굴지 않았으며, 원칙을 지키려고 애썼다. 파출소로 근무지를 옮긴 후에도 마찬가지였다. 최선을 다해서 일했고, 자신의 처지에 대한 변명이나 하소연을 한 적도 없었다. 오히려 그런 면은 사람들의 동정을 샀다. 함께 근무하는 순경들은 장을 좋아했고, 존경했으며 잘해 주려고 애썼다. "그렇더라도 소장님은 혼자였어." 한은 이렇게 말했는데, 나는 그게 전적으로 맞는 말이라고 생각한다. 이건 단순히 비유적인 표현이 아니다. 비유적인 표현으로 누군가는 혼자야, 혹은 인간은 혼자야, 라는 말은 쉽게 할 수 있다. 내가 알고 있는 많은 사람들이 그런 말을 하는 걸 좋아한다. 나조차도 그랬다. 인생은 어차피 혼자 살아가는 거야, 살아 봤자 별거 없어. 하지만, 실제로 그것을 겪어 본 사람들, 문자 그대로 혼자가 되어 본 사람들은 감히 그렇게 말하지 못한다. 정말로 혼자가 되어 본 적이 없는 사람들이 아무런 양심의 가책도 없이 그런 말을 잘도 내뱉는다.

장은 그런 말을 할 자격이 있었다.

장의 아들은 열두세 살 때부터 이미 록 음악을 듣기 시작했고, 특히 록 밴드 파셀(PARCEL)의 열광적인 팬이었다. 장은 아들이 열다섯 살이 되던 날, 아들을 데리고 파셀의 콘서트에 갔다. 나중에 장은 이렇게 말했다. "그 콘서트 날과 우리 아들의 생일이 같은 날짜였다는 게 정말 기막힌 우연 아니오?" 사람들은 그날 이후로 장이 변했다고 말한다. 한은 이렇게 말했다. "소장님의 마음속에서 무언가가 떨어져 나간 것 같아."

그날, 장은 아들을 잃었다.

콘서트는 일곱 시 사십오 분에 시작되었다. 초겨울이었지만 공연은 실외에서 하기로 되어 있었고, 장은 담요를 준비해 갔다. 적당히 두꺼우면서도 그리 무겁지 않은 감색 담요였다. 아들의 코트 위에 담요를 덮어 주면서 장은 이렇게 말했다. "네가 감기에 걸린

다 해도 너를 보살펴 줄 사람이 없잖니." 그 말은 사실이었다. 장의 아들은 거의 혼자 자랐다고 해도 과언이 아니었다. 혼자서 밥도 잘 차려 먹었고, 혼자서 숙제도 척척 했고, 혼자서 잠도 잘 잤다. 그 애는 무슨 일이 있어도, 아버지를 찾으러 파출소로 오는 법이 없었다. 여덟 살 때부터 쭉 그랬다. 한을 비롯한 파출소 순경들은 그 애의 얼굴을 잘 몰랐다. 아니, 아예 몰랐다. 그 애가 죽었을 때, 장은 장례식을 치르지 않겠다고 고집을 부렸다. 결국 아무도 그 아이의 영정 사진을 볼 수 없었고, 장의 부하 직원들은 그 애의 얼굴을 영영 알 수 없게 되어 버렸다.

무대 밑에 설치된 포그 머신이 작동하기 시작했고, 무대 뒤쪽에 세워진 전광판 가장자리를 둘러싼 백열전구에 번쩍번쩍 불이 들어왔다. 파셀의 멤버들은 크레인 리프트를 타고 공중에서 등장했다. 크레인 리프트가 관객석을 한 바퀴 빙 돌자, 관객들은 그들에게 좀 더 가까이 가고 싶어서 폴짝폴짝 뛰었다. 장은 아들을 위해서 첫 번째 줄에 있는 좌석을 구했다. 그 좌석을 구하기 위해 장은 기꺼이 발품을 팔았고, 실제 푯값의 세 배를 지불해야 했다. 그 자리는 무대와 불과 십여 미터밖에 떨어져 있지 않았다. 장은 나에게 이렇게 말했다. "나는 아주 오랫동안 이런 생각을 했어요. 내가 만약 그렇게 무리해서 앞자리의 표를 구하지 않았다면 내 아들은 죽지 않았을 거라고요." 파셀이 크레인 리프트에서 무대로 내려왔을 때, 장은 고개를 돌려 아들의 얼굴을 봤다. 장은 그 순간을 이렇게 회상했다. "그렇게 들뜬 표정은 처음 봤소. 환희에 가득 찬 표정이라고나 할까. 그게 내가 본 아들의 마지막 표정이라는 게 어떻게 생각하면 다행이지요." 하지만 아들의 행복한 표정은 그리 오래가지 못했다. "나는 늘 그 아이가 죽은 건 내 잘못이라고 생각했어요. 알아요. 당신은 그게 사실이 아니라고 말하고 싶겠죠. 많은 사람들이 그 애가 죽은 건 내 잘못이 아니라고 했소. 하지만, 그렇다면 그게 누구의 잘못일까요? 그날 죽은 사람은, 내 아들과 록 밴드의 보컬을 포함해서 여섯 명이었소. 그건 물론 많은 숫자지. 하지만 공연장에는 이천여 명의 사람들이 있었소. 그렇다면 그들 중 유독 그 여섯 명이 죽어야만 했던 이유가 무엇이오? 그건 도대체 누구의 잘못인 거요?" 파셸은 첫 곡으로 「I Kissed You」를 선택했다. 그들이 전주 부분을 연주하기 시작하자, 관객들은 더욱더 크게 소리를 지르며 머리를 이리저리 흔들고 몸을 움직였다.

그 순간,

녹색 외투를 걸친 왜소한 체구의 남자가 무대 위쪽으로 뛰어올라 갔다. 곧이어, 그곳에 있던 대부분의 사람들은 총소리를 들었다. 탕, 탕, 탕. 세 발이 먼저 발사됐다. 툭, 하고 보컬이 쓰러졌고, 붉고 끈적끈적한 피가 무대 위를 적셨다. 경호원이 무대 위로 뛰어올라 갔다. 잠시 후 네 발이 더 발사됐다. 무대와 멀리 떨어져 있던 관객들도 전광판을 통해 그 상황을 그대로 볼 수 있었다. 영 점 몇 초 동안 정적—대단히 짧은 순간이었지만, 사람들은 그 순간의 정적을 기억했다. —이 흐른 후 관객들은 두려움에 비명을 질러 댔고, 비상구로 빠져나가기 위해 우왕좌왕했다. 그 과정에서 많은 사람들이 다쳤다. "우리 아들은 그 밴드의 라이브 연주를 단 한 곡도 제대로 듣지 못했어. 그 이유를 알겠나? 그 개새끼가 첫 곡도 끝나기 전에 총을 쏴 버렸거든." 이것은 언젠가 술에 취한 장이 한에게 했던 말이다. 장이 술에 취한 걸 본 건 그 때가 처음이자 마지막이었다고 한은 덧붙였다. 나는 이 말을 조금 수정해서 『난 리즈도 떠날 거야』에 실었다. 아마, 한을 무척 화나게 만든 장면 중 하나였으리라.

장은 경찰대학에서 훈련을 받았고, 진짜 총은 수도 없이 만져 봤고, 사람을 쏘아 본 적도 있었지만, 그 순간에는 그저 힘없는 가장일 뿐이었다. 장은 아들이 무대 위로 달려가는 것을 막지 못했다. 그 대신 장은 아들의 어깨 위에서 담요가 떨어지는 것을 보았다. 아들의 어깨 위에서 떨어진 담요는 장에게 몹시 중요한 물건이 되었다. 그 후, 장은 담요를 항상 몸에 지니고 있게 된다. 담요를 가지고 출근했고, 책상에 앉아 있을 때는 담요로 자신의 무릎을 덮었다. 여름이라도 상관없었다. 밥을 먹을 때는 곁에 두었고, 퇴근 후에는 도로 집으로 가지고 갔다. 화장실에 갈 때도 가지고 갔고, 밤에는 덮고 잤다.

당시 신문과 뉴스는 그 사건을 연일 보도했다. "보컬이 쓰러진 후 몇몇 사람들이 무대 위로 뛰어올랐어요. 그들은 왜 그랬을까요?" 나중에 이 사건을 주제로 다큐멘터리 영화가 만들어졌을 때, 어떤 여자는 이렇게 말하며 울었다. 그날 밴드의 보컬과 경호원 한 명, 그리고 관객 두 명(그중 한 명이 바로 장의 아들이다)이 즉사했고, 스물일곱 명이 중경상을 입었다. 그리고 그 스물일곱 명 중 두 명이 몇 시간 후 병원에서 죽었다. 장과 나는, 몇 시간 후 죽은 두 명에 대한 이야기를 나누었다. 장은 아내가 출산을 앞두었을 때, 의사가 했던 경고—출산을 감행했다가는 엄마와 아들 둘 다 죽을 수밖에 없을 거라던—가 결과적으로는 맞은 것이 아니냐고 내게 반문했다. 몇 시간 후 죽은 두 명에 대해서는 이렇게 말했다. "왜 신은 그들에게 단 몇 시간의 삶을 더 주신 걸까요?"

'도심의 공연장에서 총기 난사 사건 발생.'

이것이 사건 당시, 신문에 실렸던 헤드라인이다. 『난 리즈도 떠날 거야』를 쓸 때, 여러 번 도서관에 갔었고, 그 사건과 관련된 신문 기사나 사진은 대부분 복사해서 보관해 두었다. 한의 장례식에 다녀온 날, 그러니까 장을 실제로 본 날, 나는 그 자료들을 다시 꺼내 보았다. 『난 리즈도 떠날 거야』를 탈고한 이후로 처음이었다. 책장 구석에서 파일 케이스를 꺼내서 먼지를 털어 냈다. 그리고 자료가 들어 있는 비닐 속지를 한 장 한 장 천천히 넘겨 보았다. 잠시 후 나는, 한 장의 사진에서 시선을 떼지 못했다. 처음 보는 것처럼 낯설었기 때문이었다. 하지만 처음 봤을 리가 없다. 나는 모든 자료를 스무 번도 넘게, 아니 서른 번도 넘게 꼼꼼하게 봤다. 모든 기사와 사진 들이 『난 리즈도 떠날 거야』의 배경이 되었다.

그 당시 나는 이 사진을 보고도 아무런 감정을 느끼지 못했던 것이리라. 스무 번도 넘게, 아니 서른 번도 넘게 봤으면서도.

그 사진을 다시 보고, 나는 정신을 차릴 수 없을 정도로 울었다. 나중에는 화장실로 달려가서 변기를 붙잡고 토하기 시작했다. 경찰차가 여러 대 멈춰 있고 다친 사람들이 들것에 실려 나온다. 절망한 사람들의 표정. 두 손으로 얼굴을 가린 여자들과 길바닥에 아무렇게나 앉아 버린 남자들. 하지만 그 사진의 포인트는 경찰차의 경광등이다. 흑백 사진인데도, 쉴 새 없이 반짝이는 경광등의 빨간 불빛과 파란 불빛이 실제로 보이는 것 같다. 사이렌 소리도 생생하게 들리는 것 같다. 하지만 어떤 경찰도 그들을 지켜 주지 못했다. 항상 그렇듯이 사람들은 무력했다. 그날, 도심의 공연장에는 아무런 도움도 존재하지 않았다. 그곳에 있던 대부분의 관객들은 사람들이 죽는 장면을 똑똑히 보았다. 감전이 일어나듯 순식간에 일어난 일이었고, 사람들은 자신이 재투성이로 변했다고 느꼈다. 그들은 아주 오랜 후까지 그 광경을 기억했다. 앞서 말했던 다큐멘터리 영화에 나온 다른 한 명의 목격자는 이렇게 말한다. “제 자리는 아주 뒤쪽이었어요. 그런 자리밖에 구하지 못한 남자친구에게 화가 나기도 했지만, 따지고 보면 그랬기 때문에 다치지 않고 빨리 비상구로 나갈 수 있었던 거예요. 거기서 빠져나왔을 때, 누군가 울음을 터뜨렸죠. 우리 모두 울었어요. 거기에 있던 모든 사람들이 오랫동안 울기만 했어요."

『난 리즈도 떠날 거야』에서 화자인 '나'는 '리즈'라는 열여덟 살짜리 여자애에게 긴 이야기를 해 준다. 탐정에 대한 이야기이다. 아내와 함께 간 공연장에서 총격 사건이 일어나고, 그곳에서 탐정은 아내를 잃는다. 총을 쏜 범인은 그 자리에서 자살한다. 탐정은 범인이 총을 쏜 이유를 찾아 평생을 바치고, 자신이 가지고 있던 모든 것을 잃게 된다. 그리고 나중에는 자신이 무엇을 좇아 평생을 허비했는지도 모른 채 자살한다는 내용이었다. 긴 이야기를 끝내고 '나'는 '리즈'를 떠난다. 『난 리즈도 떠날 거야』에 대해 한 평론가는 "죽음과 삶에 대한 진지한 사유와 성찰이 돋보이지만, 아이로니컬하게도 끝까지 유머를 잃지 않는 작품."이라고 치켜세웠다. 한은 "옹졸하고 치사하며 거짓투성이."라고 비난했다.

한은 집 앞으로 찾아왔고, 놀이터, 정확하게는 놀이터 중앙에 있는 미끄럼틀 앞에 서서 내 쪽으로 책을 집어던졌다. 새벽 두 시였고, 우리는 조금 떨어진 거리에서 마주 보고 서 있었다. 나는 처음에 그게 내 책인 줄도 몰랐다. 책을 집어 들고 모래를 털어 내고 있을 때, 한이 내게 말했다.

"이게 너의 소설이야? 남의 삶을 네 멋대로 비웃고 평가하는 게, 바로 너의 소설이야?"

나는 누구의 삶도 웃음거리로 만들고 싶지 않았다. 당연한 말이지만, 나는 누구도 비웃고 싶지 않았다. 내가 장을 비웃었을까? 그의 삶을, 죽은 아들의 담요를 끌어안고 사는 장을 멍청하다고 생각했을까? 나도 잘 모르겠다. 물론 그때까지만 해도, 삶과 죽음에 대한 나만의 훌륭한 관점이 있다고 생각했다. 하지만 한이 죽고 난 후, 나는 내 관점이 그저 졸렬한 말에 불과했음을 알게 된다.

놀이터에서 나를 만난 이후, 한은 경찰 일을 그만두었다고 했다. 그는 삶의 방향을 완전히 틀어 버렸다. 그에게 무슨 일이 있었던 것일까? 만약 한이 죽지 않았다면 나는 다시 그를 만날 수 있었을까? 한의 장례식장에서 장의 얼굴을 보고, 나는 곧바로 그곳을 빠져나왔다. 장은 나타났다가 사라지는 마술이 아니었다. 장은 자신의 인생을 살고 있는 한 명의 진짜 인간이었다. 나는 그때 이상한 기분에 사로잡혔는데, 마치 몸의 일부분이 사라지는 것 같은 느낌이었다. 나는 천천히 심호흡을 했다. 하지만 그 느낌은 사라지지 않았고 더욱 심해졌다. 이번에는 내 몸 모두가 사라지고 뇌만 남아 있는 것 같았다. 그 기분은 거의 일 년이나 지속되었다. 그 일 년 동안 소설을 쓸 수 없었다. 잠을 자려고 침대 위에 누우면 내 몸의 일부가 사라져 버리고, 남아 있는 부분이 풍선처럼 부풀어 오르는 것 같았다. 계속 부풀어 올라서 곧 터질 것 같았다.

물론 나는 정상적으로 생활하기 위해 노력했다. 부모님 집에 가서 며칠 머물러 보기도 했고, 친구들을 만나거나, 여자를 만나기도 했다. 그럴 때면 모든 것이 정상 같았다. 부모님도, 친구들도, 여자들도, 나에게 문제가 있다는 사실을 알지 못했다. 내게 문제가 있다고 느낀 사람은 출판 관계자들이었으며, 내 소설의 팬들이었다. 그들은 내가 끝장났다고 말했다. 나는 종종 공원 벤치에 멍한 표정으로 앉아 있었다. 그리고 한의 장례식 후에 보았던 그 사진에 대해 생각했다. 사진의 강렬한 이미지는 그 후로도 오랫동안 내 머릿속에 남아 있게 된다. 어느 누구도 충분한 준비를 할 수 없었다. 뭔가 깨달았을 때는 이미 늦었다. 우리는 아무것도 돌이킬 수가 없었다. 도대체 누가 누구를 구원할 수 있단 말인가? 가끔씩은 부모님이나, 내가 사랑했던 여자들, 친구들을 떠올렸다. 한에 대해 생각했고, 한의 장례식 때 본 장에 대해 생각하기도 했다. 한에 대해서 생각했을 땐, 즐거웠던 기억조차 내 마음을 아프게 했다. 하지만 다행히도 기억은 너무나 단편적이었고, 그 기억조차도 몹시 적었다.

만약 그런 삶이 계속되었다면 나는 어떻게 되었을까? 어느 일요일 아침, 나는 장의 전화를 받았다. 수면제를 먹고도 잠을 제대로 못 잔 나는 얼떨떨한 상태로 장의 목소리를 듣고 있었다. 장은 정중하게 자신을 소개했다. 내 전화번호는 출판사에 문의해 알아냈으며, 무례했다면 미안하다고도 했다. 그리고 이렇게 덧붙였다.

"당신을 꼭 만나고 싶어요. 내 이야기를 들려주고 싶다는 말이오."

아들이 죽은 후, 장은 아들에 대한 이야기를 한 적이 없다. 공연장에서 일어난 사건에 대해서도 마찬가지였다. 딱 한 번, 회식 자리에서 만취했을 때를 제외한다면 말이다. 아들을 잃은 후, 장의 생활에는 두 가지 변화가 생겼다. 첫 번째는 앞에서도 말했지만, 담요를 항상 몸에 지니고 있게 되었다는 것이다. 두 번째는 그가 야간 순찰에 집착하기 시작했다는 것이었다. 장은 야간 순찰 코스를 네 군데에서 일곱 군데로 늘렸다. 그리고 자신의 야간 순찰 횟수도 늘렸다. 장은 차를 몰아서 자신의 순찰 구역을 처음부터 끝까지 돌아보는 것을 즐겼다. 자신이 직접 운전대를 잡았는데, 그와 함께 차에 탄 부하 직원은 상관이 직접 운전하는 것에 대해 어떻게 처신해야 할지 잘 몰랐다. 하지만 사실 그건 하찮은 문제였다. 낮 근무를 하는 장과 밤 근무를 하는 장은 전혀 다른 사람이었다. 그는 순찰차 안에서 아무 말도 하지 않았다. 장이 무슨 생각을 하는지 아무도 몰랐다. 사실 장도 자신이 무슨 생각을 하는지 잘 몰랐다. 그는 차를 운전하는 동안에도 무릎에 덮여 있는 담요를 만지작거렸다.

가끔씩은 혼자 순찰을 돌기도 했다. 장이 그러고 싶을 때도 있었고, 근무 상황이 여의치 않아 자연스럽게 그렇게 되는 경우도 있었다. 혼자 순찰을 도는 날이면, 장은 언제나 그랬듯이 순찰차를 몰고 자신의 순찰 구역 끝까지 갔다. 그리고 둑길 위에 차를 세워 두고 자신의 작은 동네를 바라보았다. 하지만 그에게는 그리 오랜 시간이 주어지지 않았다. 순찰 중이었기 때문이다. 둑길 건너편에는 아파트 단지가 일렬로 늘어서 있었는데, 몇몇 집들은 새벽 늦게까지 전등을 끄지 않았다. 장은 아무 생각 없이 전등이 켜진 집을 바라보았다. 그러다가, 문득 전등이 꺼지는 장면을 목격할 때가 있었다. 그럴 때마다 그는 설명할 수 없는 감정을 느꼈다. 무언가 이 세계에서 영원히 사라지는 것 같았다. 가슴이 몹시 두근두근거렸고, 숨이 막힐 것 같았다. 모든 집의 전등이 꺼지고 나면 이번에는 장 자신이 이 세계에서 완전히 분리되는 것 같았다. 그런 생각이 들면, 장은 담요에 얼굴을 묻었다.

장은 육 년을 그런 식으로 보냈다.

장은 겨울을 싫어했다. 장은 결국 인정하게 되었는데, 그건 아들이 죽은 계절이 겨울이었기 때문이다. 그렇지만 좀 더 실질적인 이유도 있었다. 차 유리에 끼는 성에 때문이었다. 순찰차는 너무 낡았다. 장은 유리에 낀 성에를 닦아 내기 위해 자주 차를 멈춰야 했다. 그날은 그해 겨울 들어 가장 추운 날이었다. 장은 마른 헝겊으로 유리에 낀 성에를 닦아 내고 있었다. 그리고 선명해진 차 유리를 통해 마을 앞 놀이터에 두 남녀가 있는 것을 보았다. 그들은 그네에 앉아 있었다. 여자는 갈색 모직 재킷과 검정색 미니스커트를 입고 있었는데, 그 아래에는 얇은 살색 스타킹만 신은 것 같았다. 남자는 검정색 피코트를 입고 있었지만, 그리 두꺼워 보이지는 않았다. 그들은 옷깃을 여민 채, 캔 맥주를 마시고 있었다. 얼굴을 가까이 대고 무언가 소곤거리고 있다가, 장이 다가가자 대화를 멈추었다. 장은 그들의 얼굴을 가까이서 보고 깜짝 놀랐는데, 둘 다 너무 어려 보였기 때문이었다. 열아홉, 스무 살 정도로밖에 보이지 않는 앳된 얼굴이었다. 그들의 발밑에는 빈 맥주 캔과 담배꽁초가 널브러져 있었다. 장은 손목시계를 보는 시늉을 하며 그들에게 몇 시인 줄 아느냐고 물었다. 남자는 대꾸하지 않았고, 여자가 고개를 가로저으며 대답했다. 척 보기에도 그들은 취한 상태였다.

"글쎄요, 주위가 이렇게 깜깜하고, 아무도 다니지 않으니까 사람들이 잠든 시간인가 보죠?"

여자는 작은 입술을 오물거리며 혀가 꼬인 채로 대답했다.

"그래요, 새벽 두 시 이십오 분. 여기에서 왜 이러고 있나?"

추위 때문에 이빨을 딱딱 부딪치며 여자가 "왜 반말이세요?"라고 물었다. 그리고 "경찰이에요?"라고 덧붙였다. 장은 고개를 끄덕였다.

"내가 경찰이라서 반말을 한 건 아니오. 아가씨, 이렇게 추운데 여기서 뭐 하는 거요? 얼어 죽으려고 그래요?"

"우리를 심문할 거예요?"

장은, 아무 말도 하지 않고 맥주를 마시고 있는 남자를 힐끗 보았다. "아니, 아가씨랑 아가씨 남자 친구를 집으로 보내려고 그래.

아까 라디오에서 지금 체감 온도가 영하 이십 도라고 그러더군. 술도 많이 마신 것 같고, 여기서 이러고 있으면 위험할 것 같아. 부모님이 걱정하실 거요."

체감 온도가 영하 이십 도라고 라디오에서 들었다는 건, 거짓말이었다. 장은 순찰차를 탈 때 라디오 같은 건 듣지 않았다. 그는 항상 침묵 속에서 차를 몰았다.

여자가 하, 하고 웃고 약간 익살스럽게 대답했다.

"우린 부부랍니다."

"그래요?"

"네, 그러니까, 우리는 성인이고, 결혼도 했고, 물론 결혼식은 못 올렸지만, 어쨌든 법적으로 아무 문제 없어요. 정말 아무런 문제 없어요. 여기는 자유 국가니까, 여기서 얼어 죽는 것도 우리 마음이에요. 그렇지, 자기야?"

여자는 남자의 어깨에 손을 올리며 동의를 구했다. 그녀의 손은 추위 때문에 빨갛게 부풀어 올라 있었다. 그들은 장갑조차 없었다. 바람이 불 때마다 여자는 몸을 최대한 움츠렸고, 남자는 아무런 생각도 하기 싫다는 표정으로 앉아 있었다. 장은 한참 동안 그들을 바라보다가, 입을 열었다.

"당신들도, 누군가의 소중한 자식일 거야."

장은 아주 잠깐 아들을 떠올렸다. 남자는 혀로 입술을 핥은 후, 팔짱을 꼈다. 그리고 거만한 표정으로 장에게 물었다. 남자는 여자보다는 덜 취한 것 같았다.

"자식이 있어요?"

장은 추위 때문에 빨개진 그의 코를 가만히 바라보았다. 이윽고 장이 입을 열었다.

"아들이 한 명 있소. 올해 스물한 살이 되었어요. 어릴 적에 제 엄마가 죽고, 내가 제대로 보살펴 주지도 못했지만, 아주 잘 자라 주었지." 게다가 이렇게 덧붙이기까지 했다. "아들과 거의 시간을 보내지 못했어요. 같이 가 본 곳이라고는, 파셀의 콘서트밖에 없었어요. 그게 참 미안하오."

장은 왜 자신이 그렇게 말했는지 죽을 때까지 알 수 없을 것 같다고 나에게 말했다. 장이 파셀 이야기를 하자 여자는 작은 소리로 짧게 비명을 질렀다.

"아, 알아요. 보컬이 죽었잖아요. 그 보컬 진짜 잘생겼었는데."

여자는 담배를 하나 꺼내 입에 물었지만, 바람 때문에 불이 붙지 않았고, 결국 담배 피우는 걸 포기했다.

"아마 육 년 전의 일이지? 우리나라에 얼마 없는 정통 록 그룹이었는데. 그들의 마지막 콘서트는 엉망진창이었죠."

남자가 여자의 어깨를 안으며 잘난 척하는 표정으로 말했다. 장은 한숨을 내쉰 후 대답했다.

"엄밀하게 말하면, 그날 콘서트는 없었어요. 그는 한 곡도 못 불렀으니까. 나와 내 아들은 바로 그 공연장에 있었소."

남자와 여자는 동시에 장을 바라보았다.

"다른 사람들도 죽었죠." 남자가 약간 주눅 든 채로 말했다.

"사람들이 죽었어." 여자가 남자의 말투를 흉내 냈다.

"그래, 그날 많은 사람들이 죽었어요. 누군가의 아내도 죽었고, 누군가의 부모도 죽었고, 또 누군가의 아들도 죽었을 거요."

여자와 남자는 고개만 끄덕일 뿐 아무런 말도 하지 않았다.

"당신들, 여기에 계속 있을 겁니까?"

어린 부부는 여전히 입을 꾹 다문 채로 앉아 있었고, 장 역시 재촉하지 않았다. 그들 셋은 그저 서로를 바라보며 멀뚱히 있었다. 차가운 겨울바람이 그들을 훑고 지나갔다.

"곧 집으로 돌아갈 거예요. 너무 춥네요. 사실은 너무 추워서 귀가 아플 지경이죠. 그러니까 곧 돌아갈 거예요."

잠시 후 남자가 코트의 옷깃을 여미며 대답했다. 그리고 팔을 뻗어 여자의 손을 꼭 잡았다. 어린 부부는 서로의 손을 꼭 맞잡은 채로 장을 올려다보았다.

"다행이군."

장은 이렇게 말하고 순찰차로 돌아갔다. 그리고 운전석에 앉은 순간, 자신이 어린 부부와 대화를 하는 동안 담요를 몸에 지니지 않았다는 사실을 알게 되었다. 장은 조수석에 놓인 담요를 바라보았다. 잠시 후 고개를 들고, 차 유리 밖으로 보이는 건물들을 죽 둘러보았다. 불이 켜진 건물은 없었다. 그리고 장은 놀이터에 앉아 있던 어린 부부를 다시 보았다. 장은 일 분쯤 차 안에서 꼼짝하지 못했는데, 그건 심장이 너무나 심하게 뛰었기 때문이었다. 잠시 후 장은 눈물을 닦아 냈다.

"나는 차에서 내려서 그 어린 부부에게 다가갔지. 그리고 내 담요를 주었소."

"담요를 주었다고요?"

"그래요. 그냥 주고 싶었죠. 왜 그런 생각이 들었는지는 나도 모르겠어요, 나는 그들에게 담요를 덮으라고 했지. 추위가 좀 가실 테니까. 생각해 봐요, 그렇게 추운 날 얇은 스타킹 하나만 신고 거기에 앉아 있자면 얼마나 춥겠어요? 그게 바로 몇 달 전의 일이오."

그때 우리는 허름한 술집에 함께 있었다.

"자, 이제 내 이야기는 다 끝났소."

장이 나를 바라보며 말했다. 나는 혼란스러웠다. 나는 분명히 장이 화를 내거나, 나를 비난할 거라고 생각했다. 하지만 그는 그저 자신의 이야기를 해 줬을 뿐이었다.

"전 잘 모르겠습니다. 왜 이런 이야기를 저에게 해 주시는 겁니까? 저에게 화가 나지 않으셨습니까?"

장은 소주잔을 집었다. 그러면서 고개를 설레설레 흔들었다.

"이건 담요의 죽음에 대한 이야기입니다. 나는 당신이 이 이야기를 들어 주기를 바랐어요."

"담요의 죽음이라고요?"

"그렇소."

나는 장이 비꼬는 거라고 생각했다. 내가 뭔가를 말하려고 했을 때, 장은 나의 말을 가로막았다.

"『난 리즈도 떠날 거야』는 아주 흥미로웠소."

"죄송하게 생각하고 있습니다……."

"뭐가 죄송합니까? 나는 소설 같은 거 몰라요. 문학, 예술 그런 것들, 난 몰라요. 하지만 『난 리즈도 떠날 거야』는 재미있었어요. 그 소설에서 마음에 안 드는 유일한 부분은 '나'가 '리즈'를 떠나는 거였어요. 그것만 빼면 다 좋았어요."

나는 소주잔만 만지작거렸다. 솔직히 말하자면 나는, 그때 울고 싶었다. 장은 계속 이야기를 이어 갔다.

"내가 어린 부부에게 왜 그런 거짓말을 했는지 모르겠어요, 아마 죽을 때까지 알 수 없을 테죠. 이봐요, 우리가 죽기 전까지 알 수 없는 것들이 너무 많아요. 내가 당신을 만나 이런 이야기를 하고 있는 이유도 모르겠소. 그냥 이래야 한다는 생각이 들었소. 하지만, 죽을 때가 되면 알 수 있지 않겠소? 그 모든 것들의 이유를."

나는 결국 울먹이며 장에게 물었다.

"정말, 우리가 죽을 때가 되면 뭐든 알게 될 거라고 생각하십니까?"

"물론 농담이죠."

장은 불쾌해진 얼굴로 익살스럽게 웃었다.

나는 다시 소설을 쓰기 시작했다. 그 후에 발표한 작품에 대해 한 평론가는 이렇게 평가했다. "그의 소설은 눈부시게 발전했다." 하지만 과연 그랬을까? 여전히, 가끔 잠을 이루지 못하는 밤이 있다. 여전히, 몸이 부풀어 오르는 듯한 느낌에 사로잡히는 밤이 있다. 그런 밤이면 나는 장이 야간 순찰을 돌 때 그랬던 것처럼, 창밖의 건물을 죽 둘러본다. 그리고 장이 나와 헤어지기 직전 했던 말을 떠올린다.

그날, 우리가 헤어지기 직전에 장은 이렇게 말했다.

"그 부부에게 왜 담요를 주었느냐고 아까 물었죠? 사실 내가 순찰차로 돌아오기 직전, 어린 부인이 술에 잔뜩 취한 목소리로 이런 말을 했소. '아들과 다른 공연을 보러 가세요. 사람들이 죽지 않는 콘서트요. 사람들이 즐겁게 노래 부르고, 춤추는 그런 콘서트 말이에요. 사람들이 죽지 않고, 살아 있어서 행복한 노래만 흘러나오는 곳이요. 나도 그런 곳에 가고 싶거든요.' 나는 차 안으로 돌아왔고, 조금 울었소. 그리고 나는 그들에게 되돌아갔소. 그랬더니 그 어린 부인이 나에게 뭐라고 했는지 알아요? 어린 부인은 이렇게 말했소. '우린 인간쓰레기예요.'라고. 나는 아무런 대꾸도 하지 않았소. 다만 그 부부의 머리를 잠시 동안 쓰다듬어 보았소. 그 작고, 동그랗고, 차가운 아이들의 머리를 말이오."

황정은

2005년 단편 소설 「마더」가 경향신문 신춘문예에 당선되며
작품 활동을 시작했다. 소설집 『일곱시 삼십이분 코끼리열차』, 『파씨의 입문』,
『아무도 아닌』, 장편 소설 『百의 그림자』, 『야만적인 앨리스씨』,
연작 소설 『디디의 우산』, 『연년세세 年年歲歲』 등을 썼다.
만해문학상, 신동엽문학상, 대산문학상, 한국일보문학상, 이효석문학상,
김유정문학상, 오늘의 젊은 예술가상, 젊은작가상 등을 수상했다.

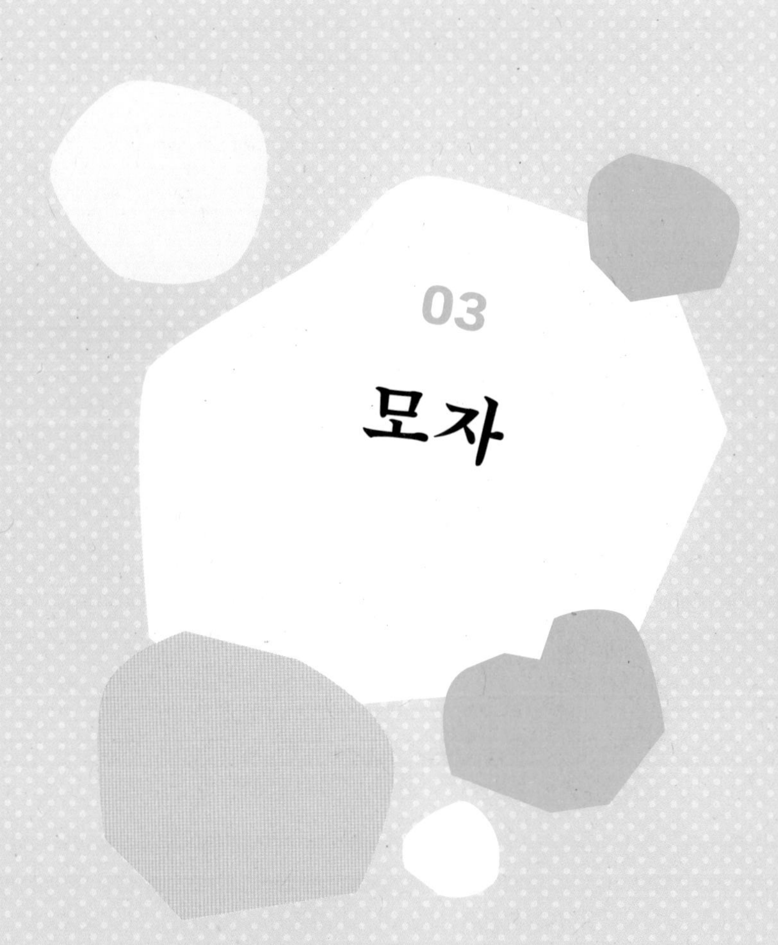

03

모자

세 남매의 아버지는 자주 모자가 되었다.

이사를 하면 첫째가 가장 먼저 하는 일이 장도리를 들고 다니며 벽에 박힌 못을 뽑아내는 것이었다. 못이 있으면 아버지가 집 안을 돌아다니다가 거기 걸리고, 틀림없이 모자가 되어 버리기 때문이었다.

일단 모자가 되면 언제 아버지로 돌아올지 알 수 없었다.

못이 있을 때만 모자가 되는 것도 아니었다. 남이 보는 곳에서도 곧잘 모자가 되곤 해서, 소문이 번지는 바람에 그들 가족은 자주 이사를 다녔다.

그만둬.

봄에 이사했을 때 셋째가 말했다. 첫째가 못을 뽑다 말고 셋째를 보았다.

왜.

그걸 다 뽑아 버리니까 아버지가 아무 데서나 모자가 되잖아. 일전엔 냉장고 앞에서 모자가 되는 바람에, 밟아 버렸다고.

그러고 보니. 첫째는 생각했다. 자기에게도 그런 경험이 있었다. 밤에 오줌을 누려고 거실을 가로질러 가다가 발로 차고 말았다. 모자가 되어 있던 아버지는 그대로 마루 끝까지 굴러가서 구겨진 신발 위로 떨어졌다. 장마라서 신발도 현관 바닥도 굉장히 더러웠다. 모자에서 아버지로 돌아온 뒤에도 별말은 없었지만, 왠지 아버지가 그걸 기억하고 있는 것 같아 며칠 동안 서먹서먹했다. 첫째는 안방과 거실에 못을 한 개씩 남겨 두었다.

첫째는 새로 이사한 집이 마음에 들었다. 낡은 집이었지만 채광이 좋은 편이라 집 안 곳곳에서 잘 마른 지푸라기 냄새가 났다. 마당엔 사다리꼴 모양의 잔디밭도 있었다. 노랗게 말라 버린 잔디가 절반이라 깔끔한 모양새는 아니었지만, 여기서는 좀 오래 살고 싶다고 생각했다. 삼 미터쯤 자란 살구나무도 한 그루 있어서 여름엔 마당에 열린 살구를 볼 수 있겠다고 생각하니 좋았다.

잠깐. 살구가 여름에 열리나.

열리겠지.

하지만 상황이 그렇게 잘되어 가지는 않았다.

목요일에 빨래를 널려고 나갔더니 해바라기가 프린트된 스커트를 입은 여자가 마당을 들여다보고 있었다. 이웃에 살고 있어요, 라고 그녀가 인사했다. 안녕하세요, 라고 첫째도 인사했다. 첫째는 집 안쪽을 가리켰다.

들어오세요.

아니에요.

이웃 사람은 뭔가를 곰곰 생각해 보는 듯하더니 등을 펴고 다시 한번 말했다.

아니에요.

그녀는 그 부근의 집들에 담이 없다는 말부터 시작했다. 골목에 주차난이 심했는데, 주차 공간을 확보하기 위해 담을 허물겠다는 신청서를 제출하면 구청에서 공사비를 대 준다고 해서, 재작년 봄부터 여러 집이 담을 없앴다는 것이었다. 그러다 보니 싫어도 남의 집 마당을 보게 되는 일이 많은데, 일전엔 자기 아이가 이 앞을 지나다가 이 집 마당을 들여다보았다는 것이었다.

우연히 모자를 봤다고 하네요.

이웃 사람이 말했다.

댁의 아버님이 마당에서 모자가 되어 있는 것을 그 애가 본 모양이에요. 우리 부부가 그 문제에 굉장히 신경을 쓰고 있다는 걸 말씀드리고 싶었어요.

그냥 모자가 됐을 뿐인데요.

하지만 애들이 보잖아요.

전혀 해롭지 않아요. 머리 하나 정도의 공간을 차지하고 있을 뿐인걸요.

애가 자꾸 물어봐서요. 뭐라고 대답해야 할지도 모르겠고.

이웃 사람은 정말 난처한 이야기라는 듯 얼굴을 찡그리고 말했다.

모자가 되니까 말이죠.

그런가요.

모두가 볼 수 있는 장소에서 모자가 되는 것은 바람직하지 않은 일이라고, 우리 부부는 생각하고 있어요.

…….

아무튼 유감이에요.

저녁을 먹으면서 첫째는 낮에 있었던 일을 모두에게 천천히 말해 주었다.

그렇게 말하는 사람하고는 이웃할 수 없지.

셋째가 오이절임을 오독오독 씹고 나서 말했다.

그래.

둘째가 고개를 끄덕였다. 아버지는 말없이 젓가락 끝으로 콩장을 집어 밥 위에 얹었다.

여름이 오기 전에 그들은 다시 이사를 했다.

집이 많지 않아서 소형 트럭을 임대하는 것으로 충분했다. 늘 이사를 다녔기 때문에 조금씩 가구를 줄이다 보니 남은 것이 별로 없었다. 세 남매와 아버지가 직접 짐을 날랐다. 하지만 아버지는 금세 모자가 되어서 별 도움이 되지 않았다. 셋째가 두 번째 이불 보따리를 가지러 트럭으로 돌아갔을 때 아버지는 벌써 모자가 되어 있었다.

뭐야, 아버지.

셋째는 이불 보따리 위에 모자를 얹어서 안방에 들여놓았다.

새로 이사한 집은 이전보다 더 낡은 집이었다. 골목의 막다른 곳이라서 햇빛이 잘 들지 않았다. 그 집에도 마당은 있었지만 집의 앞쪽이 아니라 뒤쪽에 있어 어두컴컴했다. 떠돌이 개들이 물어다 놓은 돼지 뼈 같은 것이 축축하게 젖은 흙 속에 박혀 있었다. 우묵하게 파인 부엌엔 새카맣게 그을린 아궁이가 두 개 있었다. 마루와 부엌 바닥 사이엔 낙차가 상당했다. 그러니까 부엌으로 들어가는 것이 아니라 부엌으로 내려가는 것이었다.

조심해.

둘째가 책이 든 박스를 들고 마루를 건너며 모두에게 말했다. 마루가 낡아서 밟으면 휘어졌다. 어떤 부분은 발가락만 댔는데도 바삭바삭 비스킷 부스러지는 소리가 났다. 둘째가 상태가 괜찮은 마룻장을 골라 매직으로 동그라미 표시를 해 두었다. 모두 그것을 골라서 밟고 다녔다. 현관에서 안방까지는 곧장 갈 수 있었다. 현관에서 부엌까지는 ㄴ 자를 그리며 걸어갔다. 부엌에서 안방까지는 좌우가 뒤집어진 ㄴ 자, 안방에서 세 남매의 방까지는 ㄹ 자로 마루를 건넜다.

셋째는 그 집의 신발장이 마음에 들었다.

크잖아.

감탄해서 허리에 두 손을 얹고 바라보았다. 신발장이 천장에 닿아 있었다. 폭도 넓어서 안방에 놓인 이불장만 한 크기였다. 꼭대기 쪽의 선반을 사용하려면 사다리를 놓아야 할 것 같았다. 매머드급 신발장. 모든 선반이 가득 차려면 신발이 몇 켤레나 필요할까. 한 켤레. 두 켤레. 세 켤레. 넷. 다섯. 열여섯. 스물일곱. 마흔여덟. 선반을 죽 들여다보며 투명한 신발을 세다가, 신발장 밑에서 손가락처럼 생긴 다갈색 덩어리를 찾아냈다. 이게 뭐지. 손끝으로 집어 들었더니 가볍고 단단했다. 회색 털이 고불고불하게 섞여 있었다.

고양이 똥이야. 첫째가 장도리를 쥐고 다가와서 함께 들여다보다가 말했다.

여기서 누군가 고양이를 길렀나 봐.

에취.

고양이 알레르기가 있는 둘째가 부엌에서 재채기를 했다.

둘째는 중학교 때 모자가 된 아버지를 그린 적이 있었다. 미술부 활동을 할 때였다. 물감이나 그림 붓을 다루는 것이 좋아 한동안 열심히 활동했다. 집에서도 틈이 날 때마다 그림 도구를 펼쳐 놓고 이것저것을 그렸다. 첫째와 셋째를 관찰하며 크로키를 하거나 아버지를 그렸다. 모자가 된 아버지도 서너 번쯤은 공들여 그렸는데, 액자를 하지 않고 놔두는 바람에 조금씩 버리거나 잃어버려서 지금은 모두 어디로 갔는지 알 수 없었다.

둘째는 개인적인 꾸러미 몇 개를 일요일까지 신발장 앞에 내버려 두었다. 발에 차인다고 셋째가 투덜대는 바람에 더는 미룰 수 없어 짐을 풀었다가, 둘째는 그 시절의 그림 한 장을 짐 속에서 발견했다. 초록색과 금색이 섞인 모래밭에 의자와 비치파라솔이 꽂혀 있었고, 한복판에 모자가 놓여 있었다. 달리를 흉내 낸 듯 모든 것이 녹아내린 듯한 풍경이었는데, 모자만 또렷했다.

그땐 그려 놓고 꽤 닮았다고 스스로를 대견해했지만 다시 보니 약간 달랐다.

그림 속의 모자는 치즈케이크처럼 납작했다. 닮았지만 훨씬 높아. 둘째는 생각했다. 정수리 위로 손바닥을 펼쳐서 키 재기를 하듯 팔을 뻗으며 혼자 말했다.

운두라고 하나, 그게 훨씬 높아.

뭐라고?

마루 끝에서 구두를 닦고 있던 첫째가 물었다. 둘째는 아무것도 아니라고 대답한 다음 그림을 말아 쥐고 안방으로 들어갔다.

아버지는 텔레비전을 앞에 두고 조용히 모자가 되어 있었다. 아침까지만 해도 집 안과 마당을 돌아다니고 있었는데, 어느 틈에 방으로 들어온 듯했다. 요즘은 자주 모자가 되었다. 모자로 머무는 기간도 길어져서 첫째가 걱정을 하고 있었다. 둘째는 아버지 앞에 무릎을 세우고 앉았다.

이거 찾았어.

그림을 방바닥에 펼쳤다.

이거 아버지야.

…….

운두가 낮으니까, 젊은 시절이야.

…….

벽에 붙여 줄게.

…….

텔레비전이 와글와글 떠들고 있었다. 주말에 방영되는 오락 프로그램이었는데 두 사람이 통나무 모양의 다리를 끼고 앉아서 방망이로 서로를 두들기고 있었다. 아래쪽은 얼음을 띄운 풀이었다. 먼저 떨어지는 쪽이 벌칙을 받는 모양이었다.

둘째는 턱을 무릎에 얹고 텔레비전을 보았다. 뚱뚱한 쪽이 떨어졌다.

…….

뭐라고요?

아버지 쪽을 돌아보았다. 뭐라고 말을 한 것 같은데 듣지 못했다. 둘째는 리모컨을 꾹꾹 눌러서 소리를 줄였다.

뭐라고 했어, 아버지?

한동안 모자를 바라보다가 한숨을 쉬었다. 모자가 되었을 때의 아버지는 조용했다. 한 마디도 말을 하지 않았다. 입이 없으니까, 라고 첫째는 말했다. 하지만 모자의 세계엔 모자의 언어라는 것이 있을지도 모른다고 둘째는 생각했다. 모자의 언어를 말하는 데 입은 필요 없어. 아버지는 아무런 말도 하지 않는 것처럼 보이지만 사실은 모자가 되어 있는 사이 혼자서 굉장한 수다를 떨고 있을지도 몰라.

모자의 세계에도 '모자'란 말이 있을까. 그림 속의 모자를 바라보며 둘째는 생각했다.

있다면, 거기선 그게 무슨 뜻일까. 조용하다는 뜻일까. 외롭다거나 재미없다는 뜻일 수도 있어. 모자는 대부분의 시간을 혼자 놓여 있으니까. 모자의 세계에서 누군가 나 오늘 모자야, 라고 말한다면 다른 모자들이 모두 안됐다는 눈길로 그 모자를 바라볼지도 몰라. 하지만 모자니까, 포개어 놓아도 좋을 텐데. 그래서 다른 모자가 나타나 이렇게 말하는 상황도 생기지 않을까. 너랑 포개어져도 좋아. 하지만 모자의 세계에서도 사는 건 만만치 않으니까, 어느 모자도 선뜻 나서 주지 않을지도 모르지.

나 오늘 모자야.

이렇게 말해 놓고 석양에 잠길 때까지 모자인 채로 묵묵히 하루를 보내는 모자 세계의 모자. 둘째는 볼을 씹으며 멍하니 그것을 생각해 보았다.

안 보인다. 비켜라.

스읔 아버지로 돌아온 아버지가 둘째에게 말했다.

그건 그렇고 세 남매의 아버지는 언제부터 모자가 되기 시작했을까.

이 점에 대해서는 첫째와 둘째와 셋째의 기억이 매번 달랐다. 몇 번을 맞추어 봐도 말할 때마다 시기가 제각각이라서 마지막엔 자기 것이 진짜라며 셋이서 언성을 높이게 되는 일도 종종 있었다. 그래서 세 남매는 가급적 그 이야기를 서로에게 하지 않았다.

지난 겨울에 첫째가 기억하고 있는 상황은 이랬다.

하교하는 길이 었는데.

전을 해 먹을 생각으로 감자를 강판에 갈며 첫째는 말했다.

친구들하고 걸어가고 있었거든. 토요일이었어. 주말이니까 이대로 누구네 집에 놀러 가서 비디오를 빌려 보자는 둥, 그런 이야기를 하고 있었는데 저만큼 앞에 아버지가 서 있었어. 상당히 멀리 떨어져 있었지만 단번에 알 수 있었어. 맑은 날이었는데 아버지는 정말 구깃구깃해서, 그렇잖아, 우리 아버지는 셔츠 같은 것을 칼라나 앞섶이 때에 절 때까지 입곤 했으니까. 갈아입으라고 옷을 챙겨 줘도 말이지, 이상하게 고집을 부려서 바지도 무릎이 완전히 솟아서 각이 잡혀 버릴 때까지 입고 다니고. 아버지는 그때 일자리를 잃은 상태였고, 그것 때문에 어딘가를 가려는 것 같았는데, 그러다 먼 데서 나를 알아보고 거기 서 있는 듯했어. 안색이 좋지 않은 상태로 전단지 따위가 잔뜩 달라붙은 전봇대 옆에서. 부끄러워서, 모르는 척했어. 거리가 좁혀질수록 초조했지만 끝까지 아버지 쪽은 바라보지 않고 그곳을 지나갔어. 멀리 떨어져 있었고 우리는 여덟 명이나 되는데 그 틈에서 나를 정말 알아보았을까, 몰랐을 거다, 어쩌면 아버지는 그냥 볼일이 있어서 거기 잠깐 서 있었을지도 모른다고 애써 생각하면서. 하지만 그렇게 생각할수록 기분이 나빠졌어. 친구들이 놀러 가자고 말했지만 나는 이미 그럴 기분이 아니라서, 애들하고 헤어진 다음 슬금슬금 거기로 돌아가

봤더니, 전봇대 밑에서 모자가 되어 있는 거야.

그래서?

감자 껍질을 벗기며 둘째가 물었다.

그래서, 서둘러 가방 속에 구겨 넣고 집으로 돌아갔어.

그거 지독하네.

셋째가 전을 부칠 팬을 닦다 말고 이마를 찡그렸다. 둘째도 천천히 고개를 끄덕였다.

성장기엔 그럴 때가 있는 거잖아.

볼이 붉어진 첫째가 작게 줄어든 감자를 고쳐 쥐며 말했다.

둘째가 기억하고 있는 상황은 이랬다.

라디오가 하나 있었다. 첫째도 셋째도 알고 있는 라디오였다.

큼지막했지.

셋째가 팔을 벌려서 어림해 보며 말했다.

둘째 전용이었어.

첫째가 말했다.

계속해도 돼?

둘째가 흠, 기침을 하고 말했다.

음악을 좋아하는 둘째는 그것을 굉장히 아꼈다. 카세트 덱이 두 개나 달린 카세트 라디오라서 쓸모가 많았다. 어느 날 그게 고장이 났다. 테이프를 넣으면 씹어 버리고 라디오 주파수도 제대로 잡지 못했다. 어머니가 한창 투병 중이었기 때문에, 자고 일어나면 문밖에 대야가 놓여 있고, 피를 먹은 타월이 그 속에 담겨 있곤 할 때였다. 어렸지만, 고장난 라디오 따위를 말할 때가 아니라는 것은 알고 있었다. 그래도 라디오를 듣지 않으면 불안해서 아버지의 눈치를 살폈다. 기회를 봐서 고쳐 달라고 부탁해 볼 셈이었다. 하지만 그즈음의 아버지는 혼자 멍하니 앉아 있을 때가 많아서, 말도 붙이지 못했다. 둘째는 어떻게든 혼자 해결해 보려고 나사를 풀고 부품을 뜯어냈다. 나중엔 뭐가 뭔지 모를 지경이 되어서 간신히 부품을 쑤셔 넣고 뚜껑을 덮었다. 완전히 망가뜨리고 말았다. 혹시나 해서 플러그를 꽂아 봤지만 전원조차 들어오지 않았다. 누구 때문이랄 것도 없이 서러워져서, 망가진 라디오를 들여다보며 울었다. 그게 며칠이나 계속되었다. 고집스럽게 입을 다물고 누가 말을 걸어도 대답하지 않았다. 그날도 방에 틀어박혀서 라디오를 껴안고 울고 있었는데, 문턱을 쿵쿵 넘어온 아버지가 딱 하고 뺨을 때렸다.

아버지는 아무것도 몰라, 하고 나는 생각했어.

반죽을 국자로 떠서 팬에 동그랗게 부으며 둘째는 말했다.

아무것도 모르면서, 하고 더 울었어. 그랬더니 한 대를 더 때리잖아. 아버지 손바닥이 좀 두꺼워야지. 되게 아프고 억울해서, 고치지도 못하고 사다 주지도 않을 거잖아, 라고 소리를 질렀어. 아버지는 땀을 흘리면서 나를 바라보고만 있었어. 눈을 이렇게 부리부리하게 뜨고.

그런 일이 있었어?

하고 첫째와 셋째가 물었다.

있었어.

둘째는 고개를 끄덕였다.

얼마나 서러웠던지, 눈앞에서 아버지가 모자가 되었을 때는, 그거 고소하다고 생각했던 것 같아.

그것도 지독하네.

셋째가 말했다.

응, 하고 둘째가 다시 고개를 끄덕였다.

셋째가 기억하고 있는 상황은 이랬다.

학부모 참관일이었는데, 웬일인지 모자가 되어서 사물함 위에 얹혀 있었어.

셋째는 감자전을 한 젓가락 떼어 내 우적우적 씹었다.

그게 전부야?

첫째가 물었다.

전부야.

셋째가 말했다.

세 남매의 어머니로 말하자면, 이미 죽었지만, 좀 더 오래된 기억을 가지고 있었다. 그녀는 시어머니 되는 사람과 사이가 좋지 않았다. 그녀의 시어머니는 노골적인 편이었고 그녀는 은근한 편이었다. 그런 식으로 여러 가지가 서로 맞지 않았다. 비좁은 집에 시누이와 시동생까지 여섯이나 함께 살아서 충돌이 더욱 잦았다. 시어머니는 말보다 행동이 먼저인 사람이라 그녀 쪽에선 머리채를 휘어잡힐 때도 있었다. 그땐 절대 용서할 수 없다고 생각했다. 죽어도 용서할 수 없다고 생각했다. 하지만 죽음에 임박한 순간에 생각하니 꼭 그렇지도 않아서, 마지막 순간에 맥이 빠져 버렸다. 너무 몰랐다고 그녀는 생각했다. 자기에게 이런 이야기가 있는 것을 아는 것처럼 그 누구에게도 저런 이야기가 있다는 것을 충분히 알았다면 도저히 용서할 수가 없다는 식의, 건강에도 나쁜 생각은 하지 않았을지도 모르는데.

어쨌든.

하루는 싸움이 꽤 격렬해져서 저녁때까지 계속되었다. 약으로 고아 먹으려던 늙은 호박이 마루에서 박살나고 주전자며 구두 같은 것이 마당의 수돗가로 내던져졌다.

퇴근해서 집으로 돌아온 그녀의 남편은 드물게 화를 냈다.

어쩌자는 거야.

그는 안방에서 숨을 몰아쉬고 있는 두 여자에게 소리를 지른 다음, 누나와 동생들을 한 바퀴 돌아보더니, 집을 나가 버리겠다며 이불장을 둘러멨다. 세 남매의 어머니는 깜짝 놀라서 머릿속이 고요해졌다. 이불장에서 이불을 모조리 빼내 마당에 던지는 것을 볼 때까지만 해도 저 조용한 사람이 설마, 했는데 정말로 장을 둘러메다니. 너무 뜻밖의 일이라 모두 입을 벌리고 그것을 바라보았다. 기세 좋게 장을 업고 마당으로 내려간 것까지는 좋았다. 하지만 마당을 가로지르는 동안 힘이 다 빠져 버렸는지, 대문을 나서지도 못하고 모자가 되어 버렸다.

그대로 며칠씩이나 모자로 머무는 바람에 대문을 가로막은 이불장을 피해 드나드느라고 온 식구들이 애를 먹었다. 식구가 많아서 더 큰 일이었다. 하지만 모두 그가 장을 업었을 때의 기세를 기억하고 있었기 때문에, 한동안은 집 안이 조용했다.

세 남매의 할머니는 그보다 더 오래된 기억을 가지고 있었다. 세 남매의 아버지는 아주 어렸을 때부터 간혹 모자가 되곤 했던 것이다. 그땐 모자의 운두가 너무 낮아서 거의 접시나 다름없는 형태였지만, 어쨌든 모자였다.

할머니의 남편, 그러니까 세 남매의 할아버지는 고집이 센 사람이었다. 폐암에 걸려 죽는 날까지도 꼿꼿하게 등을 펴고 누워서 이런저런 잔소리를 했다. 그 남편이 아직 젊었을 때, 하루는 밥상에 밥알을 너무 많이 흘렸다고 아들의 바지를 벗겨 놓고 엉덩이를 팡팡 때린 일이 있었다. 고작 다섯 알 정도를 흘렸고 주워 먹으면 그만이라고 그녀는 생각했지만, 쓸데없이 꼬장꼬장한 남편을 상대로 말해 봤자 입만 아플 뿐이라고 생각했기 때문에 내버려 두었다. 새벽에 목이 말라 일어났더니 자리끼로 놓아두었던 주전자가 비어 있었다. 할 수 없이 주전자를 들고 마당으로 나간 그녀는 낮에 엉덩이를 두들겨 맞은 둘째아들이 우물가에서 조그마한 모자가 되어 있는 것을 목격했다. 그것은 어디까지나 모자였지만, 그녀는 그 모자가 그 아들인 줄을 단번에 알아볼 수 있었다.

누구도 묻지 않았기 때문에, 할머니는 자기에게 그런 기억이 있다는 것도 알지 못한 채 과묵한 구관조를 한 마리 기르며 조용히 나이를 먹고 있었다.

아버지는 왜 모자가 되는 걸까요.

어느 날 둘째가 국그릇에게 중얼중얼 물었다. 모두 모여서 아침을 먹는 참이었다. 국그릇을 향해 말했기 때문에 딱히 아버지에게 물었다고는 할 수 없는 상황이었다.

첫째가 젓가락으로 계란말이를 집다 말고 아버지를 보았다. 셋째가 국에서 미역을 건져 먹다 말고 둘째를 보았다. 기묘하게 정지된 순간이었다. 텔레비전만 그들 사이의 공백을 메우듯 열심히 떠들고 있었다. 짝짝짝짝. 이제 붉은색 단추를 중앙에 붙여 주세요. 아주 잘했어요. 짝짝짝.

아버지는 후루룩 국을 마신 뒤 잠자코 숟가락을 내려놓았다.

나도 모르겠다.

아버지가 말했다.

확실한 것은, 좋아서 모자가 되는 것은 아니라는 거다.

아까시가 한창인 계절이었다. 근처 나지막한 산 어딘가에 아까시나무가 무리 지어 있는지 날이 저물면 온 동네가 시럽처럼 진한 아까시 향기에 푹 잠겼다. 수요일 저녁엔 그 향기에 떠밀린 듯 고양이 한 마리가 마루 위로 성큼 올라왔다. 털이 짧은 은색 고양이였다. 머리도 발도 너무 작아서 무게감이 거의 느껴지지 않았다. 첫째가 먹다 남은 생선구이 반 토막을 접시에 담아서 마루에 놓아 주었다. 고양이는 야옹, 하고 울었지만 그대로 앉아서 움직이지 않았다. 초록색 눈으로 뭔가를 안다는 듯 모두를 빤히 응시하고 있었다. 유리 같네. 둘째가 물끄러미 보고 있다가 말했다. 유리야, 하고 불렀더니 꼬리로 바닥을 탁 치고 접시를 향해 사뿐사뿐 다가왔다.

금요일 저녁엔 외출하고 돌아온 셋째가 모두에게 산언저리까지 산책을 가자고 제안했다.

아까시 냄새로구나.

이렇게 말해 놓고 아버지는 진작부터 모자가 되어 있었기 때문에 세 남매만 운동화며 슬리퍼를 신고 집을 나섰다. 셋째가 조금 앞서고 첫째와 둘째가 팔짱을 끼고 따라갔다. 집을 나서고 얼마 되지 않은 지점에서 유리가 따라붙어서 일행은 넷이 되었다. 유리는 모두에게서 조금 앞서거나 뒤처지거나 하면서 여유롭게 따라왔다. 세 남매처럼 아까시 냄새에 이끌려 저녁 산책을 나온 사람들이 더러 있었다. 저기 봐. 첫째가 손가락으로 가리키며 말했다. 커다란 공터에 빨갛고 노란 전구 불빛이 크리스마스처럼 반짝거리고 있었다.

야시장이다.

오랜만이네.

요즘엔 좀처럼 없었지.

하지만 가까이 다가가서 봤더니 경마장이라는 현수막이 걸린 천막이라서 모두 허탈한 표정이 되었다. 바지 주머니에 손을 넣은 남자가 공터를 가로질러 천막 안으로 들어갔다. 저 안에 말이 있다는 걸까. 셋째가 멍한 얼굴로 팔뚝을 긁으며 중얼거렸다.

동네 입구의 초등학교에서는 커다란 조명을 몇 개나 밝혀 놓고 있었다. 해가 지면 언제나 어두웠던 운동장이 야구장처럼 밝았다. 군복을 입은 사람들이 스탠드에 앉아서 확성기로 전달되는 지침을 듣고 있었다. 확성기 소리가 귀에 거슬린 듯 유리가 야옹거리며 둘째의 다리에 달라붙었다. 둘째가 유리를 안아 들었다. 유리는 둘째의 팔 안에서 멋대로 다리를 늘어뜨려 자리를 잡았다. 체온이 높아서 둘째의 팔에 금세 땀이 배었다. 재채기가 문제였다. 둘째는 조금 더 안고 있어도 상관없다고 생각했지만, 결국 첫째가 유리를 건네받았다. 첫째의 팔 안으로 넘어가는 중에도 넘어가고 나서도, 유리는 다리를 축 늘어뜨린 채 눈을 가늘게 뜨고 기묘한 얼굴을 하고 있었다.

초등학교를 거의 다 지나 구멍가게 앞을 지날 때였다. 군복을 입은 사람들이 가게 앞에 몰려서 있다가 유리를 보고 다가왔다. 모두 다섯으로, 어떤 사람은 둘째보다도 어려 보였다. 다섯에게 둘러싸이자 세 남매는 좀처럼 앞으로 나아갈 수가 없었다. 좀 지나가자고 첫째가 말했지만 다섯은 조금도 물러나지 않았다. 다섯이 쥐고 있는 종이컵에서 알코올 냄새가 났다. 그거 술이지, 라고 셋째가 말하자 그들은 서로의 얼굴을 바라보며 웃었다.

우리는 이런 곳에서 술을 마시고 있으면 안 돼요.

훈련 중이니까요.

하지만 뭐, 어때요.

어때요.

예쁜 고양이네요.

갈색으로 머리를 물들인 남자가 말했다. 다섯 중에 가장 키가 큰 남자도 고개를 끄덕이며 빙글빙글 웃었다. 그가 유리를 향해 손을 뻗었다. 에취, 하고 둘째가 재채기를 했다.

장바구니를 얹은 자전거 한 대가 벨을 울리며 지나갔다. 유리가 등을 비틀어 첫째의 팔에서 풀쩍 뛰어내렸다. 확성기 소리가 비잉 비잉 높아지고 있었다. 그날 훈련의 중요한 일정이 이제 시작되려는 참인 듯했다. 갈색 머리의 남자가 종이컵을 구겨 바닥에 버렸다. 다섯이 침착하게 몸을 돌려 훈련장 쪽으로 달아난 뒤, 머뭇거리며 서 있던 첫째가 입을 열었다.

만진 것 같아.

뭐.

만진 것 같다고.

뭐를.

가슴을.

어, 하고 셋째가 뒤를 돌아보았지만 다섯은 벌써 담을 넘어 사라지고 없었다.

비비비비, 하는 울음소리가 들려왔다. 오래된 빌라 단지 앞을 지나는 길이었다. 빌라 화단에 우거진 개나리 덤불 속에서 들려오는 것 같았는데 확실하지는 않았다. 이상하게 우는 벌레네. 셋째가 조그맣게 중얼거렸다. 중간까지 따라오던 유리가 뭘 봤는지 어느 모퉁이로 쏜살같이 달려가 버린 뒤라서, 일행은 다시 셋이 되어 있었다.

만진 걸까. 아니면 닿은 걸까.

모두 그것을 생각하고 있었기 때문에 입을 다물고 있었다. 모르겠어, 하고 첫째는 생각했다. 만졌다기보다는 스친 것 같았다. 손가락 두 개가. 어설프다면 어설프게 가슴 위쪽을. 유리를 만지려다 우연히 닿은 것일 수도 있었고 처음부터 가슴을 만지려고 유리를 만지는 척했을 수도 있었다. 미묘하네, 하고 둘째도 생각했다. 모두의 머리 위에서 플라타너스잎이 파삭파삭 흔들렸다. 가슴과 손가락과 우연과 어쩌면 우연을 가장한 의도와 확성기 소리 사이에서 산책 끝이 묘해지고 말았지만, 아까시 냄새는 여전히 짙었고 기온도 적당했다. 언제까지나 가슴만 생각하고 있을 수는 없다고 생각한 첫째가 가장 먼저 입을 열었다.

튀김 먹고 싶다.

응.

소금을 찍어서.

모두 동감했지만 튀김집이 문을 닫아서 튀김은 살 수 없었다. 어쩌다 하루 문을 닫은 것이 아닌 듯 버려진 기름통과 방수포 같은 것이 쌓여서 가게 앞이 어수선했다. 털이 지저분하게 엉킨 개가 바닥에 엎드려서 발등을 핥고 있다가 세 남매를 물끄러미 보았다.

돌아갈까.

첫째가 한숨을 쉬고 말했다.

여름은 이제 막 시작이라서 비다운 비도 아직 내리지 않았는데 모기가 적지 않게 날아다녔다. 반나절 만에 모자에서 아버지로 돌아온 아버지가 마루 끝에 모기향을 피워 두고 세 남매를 기다리고 있었다. 유리는 셋보다 먼저 집으로 돌아와서 빨갛게 달아오른 모깃불을 상대로 수염을 곤두세우고 있었다. 세 남매가 기묘하게 침울한 기색으로 입을 다물고 있자, 아버지가 물었다.

무슨 일이 있었냐.

그래서 산책길에서 있었던 일이 이것저것 아버지에게 전달되었다.

앗, 했을 때에는 모두 달아난 뒤였어.

여기까지 얘기가 진행되었을 때, 뜻밖에 아버지가 버럭버럭 소리를 질렀다.

너희는 바보냐.

아버지.

그런 일을 당하고도 그냥 집으로 돌아오면 어쩌자는 거야.

하지만 미묘했어.

미묘고 뭐고.

정말 그랬어.

셋이 같이 있었으면서 말 한 마디 못 하다니.

못 한 게 아니라.

셋이 똑같다.

…….

보통 일이 아니다.

아버지가 벌떡 일어났다. 찌푸린 얼굴로 세 남매를 하나하나 유심히 바라보더니 현관 쪽으로 성큼성큼 걸어갔다. 세 남매가 말렸지만 어디서 나오는지 모를 힘으로 모두 뿌리치고, 아버지는 집을 나가 버렸다.

셋이서 곧장 아버지를 쫓아 나갔다. 금방 따라 나갔는데도 아버지는 벌써 저만큼 비탈길을 내려가고 있었다. 세 남매는 열심히 달렸지만 어찌나 빠르게 걸어가는지, 그들이 아무리 달려도 아버지를 따라잡을 수가 없었다.

세 번째 모퉁이에서 그들은 아버지를 놓쳐 버렸다.

엄청 빠르잖아.

무릎을 잡고 헉헉 숨을 몰아쉬면서 셋째가 말했다.

거기부터 세 남매는 온 동네를 뒤졌다. 아버지는 어디로 간 걸까. 훈련장으로 간 것이 아닐까 싶어서 맨 먼저 그곳에 가 보았지만, 그사이 훈련이 끝났는지 커다란 조명도 꺼지고 운동장은 평소처럼 어두컴컴하게 비어 있었다. 어딘가에서 모자가 되었을지도 모르기 때문에, 자판기 뒤쪽이나 담장 위, 덤불 속이나 주차된 자동차의 그림자, 누군가 길가에 내놓은 화분 같은 곳도 샅샅이 들여다보았다. 하지만 아버지는 어디에도 없었다.

자정이 훨씬 넘어서 집으로 전화가 한 통 걸려 왔다.

첫째가 전화를 받았다.

파출소입니다.

무겁게 가라앉은 목소리 너머로 전화벨 소리와 전화를 받는 소리와 누군가 중얼거리는 소리와 종이를 주욱 찢는 소리 등이 들려왔다. 낯선 이가 마른기침을 하고 난 뒤 말했다.

그 댁의 부친이 여기서 모자가 되어 있습니다. 모셔 가세요.

파출소에서의 앞뒤 사정은 이랬다.

늦은 저녁에 웬 남자가 나타나서, 자기 자식이 추행을 당한 것 같다며 근처의 예비군 동원 훈련장을 고발하겠다고 말했는데, 훈련장을 고발하겠다니 전례는 없지만 어쨌든 피해자를 데리고 오라고 말했더니, 아니 글쎄 피해자는 그게 고의로 벌어진 일이 아닐 수도 있다고 하지만 자긴 그렇게 생각하지 않는다고 해서, 그렇다면 피해자의 신고 의사나 증인도 없는 상태인 데다 다른 일이 많아

지금 당장은 해결이 곤란하다고 했더니, 애들 아버지인 자기가 고발을 하겠다는데 왜 안 되느냐고 고집을 피우다가, 아무도 대꾸를 해 주지 않으니까 잠잠해졌고, 조금 뒤에 보니 의자 위에서 모자가 되어 있었다는 것이었다.

첫째가 모자가 된 아버지를 데리러 갔다.

둘째와 셋째는 집에 남아서 완전히 어두워진 바깥을 내다보고 있었다. 바람이 불기 시작해서 저녁보다 기온이 많이 떨어진 것 같았다. 창문이 덜컹덜컹 흔들렸다. 둘이서 그 소리를 듣고 있다가, 둘째가 말했다.

마중 나갈까.

아까시 냄새는 바람에 흩어져 많이 엷어져 있었다. 둘은 집으로 올라오는 완만한 비탈길에 서서 길 아래쪽을 지켜보았다. 드문드문 선 가로등 불빛 때문에 길은 어두운 오렌지색을 띠고 있었다. 티셔츠를 입은 남자가 커다란 개를 데리고 천천히 비탈길을 올라오고 있었다. 둘째는 다리를 접고 앉아서 주먹으로 턱을 괴었다. 아버지는 왜 파출소 같은 곳에서 모자가 되어 버렸을까.

어, 하고 둘째는 생각했다.

이것 봐. 나도 모자가 될 것 같아.

둘째는 자기가 모자가 되는 것을 지켜보려고 발끝을 내려다보았다. 하지만 아무 일도 일어나지 않아서, 슬리퍼 속의 발가락은 언제까지나 다섯 개의 발가락이었다. 밤이 싸늘해서 발이 점점 차가워졌다. 춥네, 하고 둘째의 곁에서 셋째가 투덜거렸다.

…… 또 이사 가야 할까.

둘째가 작게 중얼거렸다.

아버지다.

셋째가 비탈길 아래쪽을 가리키며 말했다.

김유담

2016년 단편 소설 「핀 캐리」가 서울신문 신춘문예에 당선되며
작품 활동을 시작했다. 소설집 『탬버린』, 『돌보는 마음』,
장편 소설 『이완의 자세』 등을 썼다.
신동엽문학상, 김유정작가상 등을 수상했다.

04

멀고도 가벼운

보배 이모는 엄마와 오촌지간이었다. 이모는 엄마를 오촌 아주머니라고 부르는 대신 언니라고 불렀고, 엄마는 이모를 보배라고 불렀다. 보배는 이모의 일곱살 난 딸 이름이었다. 이모와 나는 육촌, 보배는 나의 칠촌 동생. 엄마는 보배 이모와 우리가 가까운 친척이라고 강조했지만 촌수를 따지는 게 더 거리감이 느껴졌다. 내게 보배 이모는 그냥 이모, 보배는 내 동생이었다. 우리가 살던 동네는 엄마의 집성촌이었다. 어른들은 처음 만난 사람과 통성명을 하며 항렬과 촌수를 따져 보는 것이 인사였다. 엄마는 태어난 동네를 한 번도 떠난 적이 없는 사람이었고, 이모는 대도시로 떠났다가 돌아온 사람이었다. 엄마는 그런 이모를 깎아내리지 못해 안달이었다.

"서울 가가 공부하고 좋은 대학 나온 남자 만났다고 자랑은 씨게 하드만 지금 사는 꼴이 그기 머꼬. 그 잘난 남편 혼자 외국 보내 놓고 딸캉 여 내리와가 친정에 얹히사는데, 말이 친정이지 엄마 돌아가고 계모가 들어앉아 있는 집에 출가외인이 들어와가 즈그 아부지 얼굴에 똥칠을 하고 있는 기라. 하이고, 고만할란다. 그래도 우리캉은 남이 아니라 일가데이. 엄마 오촌이믄 니랑도 육수로 가까운 사이인 기라."

이모의 뒷담화를 한참 쏟아 내다가 갑자기 표정을 바꾸며 이모에게 인사 잘하고 예의 바르게 굴어야 한다고 나를 다그치는 엄마의 일관성 없는 태도에 나는 자주 어리둥절해했다.

엄마는 작업반장이었다. 초벌과 재벌을 거친, 거의 완제품에 가까운 도자기가 트럭에 실려 와 우리 집 현관에 부려졌다. 엄마와 열 명이 넘는 동네 아주머니들은 민짜 도자기에 꽃이나 과일 문양의 전사지를 붙였다. 물에 불린 전사지를 찻잔이나 그릇에 붙이고 나서야 디자인이 정해지고 운명이 결정되는 거라고 엄마는 진지한 목소리로 말하곤 했다. 본차이나라는 이름을 달고 백화점에서 팔려 나가는 도자기 무늬 하나하나를 손수 붙여 내면서 엄마가 손에 쥐는 돈은 약소했다. 품삯은 일한 만큼 돌아갔는데 단가는 찻잔 백오십 원, 밥그릇 삼백 원, 국그릇 사백 원 내외였다. 하루 종일 땅바닥에 엉덩이를 붙이고 앉아 작업을 해도 하루 만 원을 벌기가 쉽지 않은 부업이었다.

큰돈은 아니지만 일을 해서 돈을 벌고 있다는 사실 자체로 엄마는 자궁을 느꼈다. 학교에서 집으로 돌아오면 마당에서부터 여자들의 웃음소리가 들려왔다. 현관이 넘쳐 날 정도로 많은 신발이 어지럽게 널려 있는 것도 일상적인 풍경이었다. 오래된 주택이었던 우리 집 마루에는 난방이 들어오지 않았다. 방석을 깔고 앉아 도란도란 이야기를 나누며 전사지 작업을 하는 사람들 덕에 차가운 마룻바닥에 온기가 돌았다. 부엌에서는 멸치 육수 냄새가 항상 은은하게 풍겼다. 우리 집에 모여 작업을 하는 동네 여자들의 점심 메뉴는 주로 잔치국수나 수제비, 칼국수 등 밀가루 음식이었다. 엄마는 커다란 스테인리스 들통에 멸치 육수를 내 수제비를 끓였다. 감자와 호박을 썰어 넣은 엄마의 수제비를 후후 불며 떠먹다 보면 배꼽 언저리까지 따뜻해지는 기분이 들었다. 밥상 위에는 서너 가지 이상의 김치가 놓여 있었다. 저마다 김치와 밑반찬을 조금씩 가지고 와서 여러 집 음식을 비교하며 먹는 것도 나름의 재미였다.

"「응답하라 1988」 같은 건가?"

은호가 고개를 살짝 갸웃거리며 물었다. 나는 그를 흘겨보며 내 어깨에 올라와 있는 그의 손을 치웠다.

"아니, 1990년대 후반인데? IMF 이후에 도자기 공장에서 일하던 사람들이 대거 해고되고 전사지 붙이는 작업을 그렇게 외부 인력에 맡겼던 거 같아."

"그럼 집이 작은 공장이었네."

"공장이라기보다는 작업장? 시끄러운 기계가 돌아가고 그런 건 아니었으니까. 이제 자기 엄마 이야기도 해 줘."

내가 재촉하자 은호는 곰곰이 생각에 잠긴 표정을 지었다가 고개를 저었다.

"그다지 할 얘기가……. 우리 엄마는 결혼한 후로 지금까지 계속 평범한 가정주부였어. 따로 돈을 벌어 본 적도 없으셔."

우리 엄마 역시 평범한 주부였다. 끼니마다 반찬거리를 걱정하고, 매일 쏟아져나오는 식구들의 빨래를 빨아 널고, 집 안 곳곳을 걸레질하느라 하루 종일 허리 한번 펴기 힘들다 불평하는 와중에도 손에서 부업거리를 놓지 못하던, 공장에 다니는 아버지의 수입으로는 숨만 쉬고 살기도 벅차다며 팔을 걷어붙이던 엄마였다. "놀면 뭐 하노, 한 푼이라도 벌어야지. 노느니 염불이라도 하는 기다." 실제로 우리 집에 드나드는 동네 여자들은 놀러 오는 것처럼 표정이 밝았다. 둥그렇게 둘러앉아 야무진 손끝으로 찻잔에 전사지를 붙이며 명랑하게 떠드는 말소리와 도자기가 달그락대는 소리가 동시에 마루를 채웠다. 쉴 새 없이 수다가 이어지는 가운데 고운 무늬를 입은 그릇들이 상자에 차곡차곡 쌓여 가는 풍경은 경이로울 정도였다. 때로는 흥에 겨워 돌아가면서 노래를 부르기도 했다. 실제로 부업에는 관심이 없고 마실 삼아 놀러 오는 사람들도 있었다. 엄마는 그런 이웃도 내치지 않았다. 그릇 한두 개 겨우 작업을 해 놓고 못 하겠다며 나가떨어져선 수다를 떠느라 한나절씩 마루에 엉덩이를 붙이고 있는 옆집 여자에게도 인심 좋게 수제비를 한 그릇 가득 떠서 내놓았다. 오히려 엄마는 가장 일을 잘하고 열심히 하던 보배 이모를 미워했다.

이모의 남편은 뉴질랜드로 유학을 떠났다고 했다. 나는 뉴질랜드라는 이국의 이름을 여러 번 중얼거리며 혀끝으로 굴려 보았다. 일기장에 한 번도 만난 적 없는 뉴질랜드 이모부에 대한 이야기를 길게 쓰기도 했다. 그는 국비 초청 유학생으로 학비와 생활비를 지원받으며 뉴질랜드에서 공부를 하는 중이라고, 이모도 머지않아 뉴질랜드로 떠날 거라고, 나는 이모에게 들은 이야기를 그대로 써 내려가다가 마지막으로 이모와 이모부처럼 더 크고 넓은 세계에서 살아 보고 싶다는 포부를 밝히면서 일기장을 덮었다. 이전에는 한 번도 해 본 적 없는 생각이었지만 그날 일기를 완성한 순간부터 나도 고향을 떠나 먼 곳으로 가고 싶다는 꿈을 꾸게 됐다. 일기 글로 담임 선생에게 칭찬을 받았다고 말했을 때 이모는 옅은 미소를 지으며 내 머리를 쓰다듬었다. 이모가 웃는 일은 드물었기에 나는 조금 달뜬 기분이 됐다. 담임에게 제출한 일기장에는 이모가 다시 고향에 와서 어떻게 살아가고 있는지에 관해서 구체적으로 쓰여 있지 않았다. 이모는 우리 집 마루 한구석에 앉아 하루 종일 입을 꾹 다문 채 전사지 작업에 매달렸다. 동네 사람들은 이모가 자리를 비울 때면 진짜 남편이 있긴 한 거냐며 수군거렸다.

"「응답하라 1988」이랑 되게 비슷하네. 진주 엄마랑 캐릭터 겹치잖아. 남편 없고 어린 딸 있고……. 아니다, 응팔에서는 고등학생 아들도 있으니까 좀 다른가?"

은호는 당시 인기리에 방영되던 케이블 TV의 드라마에 빠져 있었다. 1980년대가 아니고 1990년대 후반의 일이라고 해도 "지방과 서울의 격차가 십 년은 되니까."라고 장난스럽게 말하기도 했다. 서울 토박이인 은호는 나와 다른 점이 많았다. 그래서 나를 잘 이해하지 못했다. 취업 전까지는 연애를 할 수 없다고 그의 고백을 거절했을 때 은호는 이해할 수 없다는 얼굴로 나를 바라봤다. "취준생인 게 뭐가 문제야? 내가 지금 결혼하자고 한 거 아니잖아. 같이 도서관 다니면서 공부하고, 시간도 많이 안 뺏을게. 다 똑같지, 너나 나나 취업 못 하고 있는 건." 은호는 나의 초조와 불안이 어디에서 기인하는지 몰랐다. 그런 게 뭔지를 모른다는 게 오히려 나를 편하게 해 주는 면이 있었다.

은호와는 취업 스터디 모임에서 만났다. "괜찮아요. 전 커피 마셨어요. 안 먹을게요." 스터디 첫날 고집스러운 얼굴로 앉아 있던 내게 은호는 이상하게 마음이 갔다고 했다. 그즈음의 나는 더 이상 밀려날 곳이 없다는 강박에 시달리고 있었다. 졸업 후 일 년 반 동안 수백 장의 이력서를 썼지만 제대로 된 면접 기회 한 번 얻어 본 적이 없었다. 화려한 스펙은 없지만 풍부한 아르바이트 경험을 통해 쌓은 사회 경험이 실무에 값지게 쓰이리라 믿습니다, 라고 쓰인 자기소개서를 수백 가지로 변형해 지원하는 기업과 직무에 맞게 돌려쓰던 중이었다. 학교 게시판에 올라온 하반기 공채 준비 스터디 모집 글 중에서 일부러 장소 이용비가 필요하지 않은 모임만 골라 지원했지만 스터디 모집에서조차 번번이 떨어졌다. 은호는 내가 보낸 이메일에 유일하게 긍정적인 회신을 해 준 스터디장(長)이었다.

"오늘은 첫날이라 스타벅스에서 모인 거고, 다음 스터디부터는 학교 세미나실 빌려서 모이는 거 맞죠? 스터디 모집할 때 학교에서 할 거라고 올려놓고 이렇게 하루 전에 장소 바꾸는 건 경우가 아니라고 보는데요."

그럴 의도는 아니었는데 처음 만난 자리에서 나는 은호에게 따지듯 묻고 있었다. 은호는 진땀을 흘리며 미안하다고 사과까지 했다. 예약이 마감되어서 어쩔 수 없었다고, 앞으로는 미리 예약을 해서 학교에서 스터디를 하도록 하겠다며 정중하게 양해를 구했다.

"그날 네가 너무 세게 나와서 내가 뭔가 큰 잘못이라도 한 것처럼 느껴졌다니까. 그때 너 진짜 이상했어. 네가 이상하다는 게 아니라 너에 대한 느낌이 그랬어. 말은 진짜 싸가지 없게 하는데 나쁜 사람 같지가 않았어. 스터디 첫날 각자 신문 하나씩 맡아서 시사 상식 자료를 정리해 오기로 한 약속을 지킨 사람이 너 하나밖에 없었잖아. 알고 보면 좋은 사람일 거라는 생각이 들었어."

알고 보면 좋은 사람. 나는 그 말이 계속 마음에 남아서 집에 가는 길에 여러 번 곱씹어 보았다. 하지만 그것이 나에 대한 특별한 이해라기보다는 은호가 기본적으로 사람을 이해하는 방식이라는 사실을 깨닫기까지는 오랜 시간이 필요하지 않았다. 지각과 결석이 잦고 성실하지 못한 선배를 스터디에서 내보내자고 했을 때에도 은호는 고개를 저었다. "그 형 알고 보면 좋은 사람이야, 스터디 자료도 늦게 올려서 그렇지 한 번도 펑크 낸 적은 없어. 형 동기들이 거의 다 취업해서 은근히 정보도 많이 주잖아." 좁아터진 집성촌에서 동네 어른들의 입방아에 오르내릴 짓을 해서는 안 된다는 말을 귀에 인이 박이도록 들어 왔고, 끊임없이 친척이자 이웃인 누군가의 험담을 접하며 자랐던 나는 스스로는 물론 타인에게도 엄격한 잣대를 들이댈 때가 많았다. 나와는 달리 누구를 만나든 그 사람의 장점을 쉽고 빠르게 찾아내는 은호의 재주는 놀라운 구석이 있었다.

데이트 비용을 아끼려고 싼 집만 찾아다니는 나를 은호는 시골 깍쟁이라고 장난 삼아 놀리곤 했다. "내가 낼게. 비싼 거 먹어도 돼." 나는 고개를 저으며 내 몫의 밥값을 냈다. 서로 백수인 처지에 은호에게 부담을 지우기는 싫었다. 우리의 연애가 어떤 식으로든 서로에게 부담이 되어서는 안 된다고 여겼다. 연애라는 것이 서로가 서로에게 얼마간의 부담을 지우고 그것을 기꺼이 감당하는 일이라는 걸 그때의 나는 알지 못했다. 나는 두려웠다. 여자 친구에게는 아까울 게 없다며 사람 좋은 웃음을 짓던 은호도 쌓이고 쌓이다 보면 내게 비난의 화살을 겨누게 될 것 같았다. 도대체 염치라는 게 없다고 보배 이모를 비난하던 엄마처럼.

세상에 공짜는 없다고 엄마는 자주 강조했다.

"말이 공짜지, 우리 집에서 공짜로 점심 얻어묵는 사람은 보배밖에 없다카이. 다들 맨입으로 얻어묵기 미안타 카믄서 김치도 갖고 오고, 밀가루나 쌀도 팔아 오고, 하다못해 즈그 집 마당에 있는 상추나 파 한 뿌리라도 뽑아가 갖고 오는데, 그기 다 정 아이가. 근데 갸는 우째 눈곱만 한 정도 없노. 지 잘났다 이거지. 지는 대학도 나오고 서울 물도 묵고, 그래 잘났으믄 우리캉 겸상은 와 하나 몰라."

저녁상을 치우고 아버지의 작업복을 다리면서도 엄마는 이모를 욕하느라 바빴다. 한참 묵묵히 듣고 있던 아버지조차 역정을 낼 정도였다.

"고마해라, 같은 집안 사람들끼리. 오죽하믄 그라겠나."

"내가 같은 집안 사람이라서 더 그란다 안 카요. 내가 딴 사람들 보기 넘사시럽다니까. 우리 집안에 그래 얼굴 뚜껍은 사람이 없는 기라. 맨날 보배까지 델꼬 와가 두 식구 배부르게 묵고 놀다 간다 아이가. 지연이 쟈가 보배랑 놀아 주는 동안 지는 돈 벌고, 우리 집이 즈그 아 봐 주는 탁아손 줄 아나. 그라믄서 지연이 쟈한테 눈깔사탕 하나 사 주는 꼴을 몬 봤다."

"엄마, 내가 보배 봐 주는 거 아닌데. 우리 같이 노는 건데. 그리고 보배 이모가 나한테 아이스크림 많이 사 줬는데."

"언제? 무슨 아이스크림?"

"보배랑 놀이터에서 놀고 있으면 아이스크림 사 와서 셋이 같이 먹었어요. 백 원짜리 쭈쭈바."

"쭈쭈바? 하이고, 갸가 그렇다니까. 빵빠레를 사 줘도 모자랄 판에 불량 식품이나 사 주고. 니 앞으로 이모가 사 주는 거 묵지 마라. 드릅고 앵꼽아서 안 묵는다 캐라."

보배는 유치원에도 다니지 않았고, 제 엄마를 따라와 하루 종일 우리 집에서 시간을 보냈다. 내가 학교에서 돌아오면 그 아이는 강아지처럼 달려 나와 기뻐했다. 보배를 데리고 나와 동네 놀이터에서 시간을 보내고 있으면 일을 끝낸 이모가 우리를 찾아왔다. 서로 다른 색깔의 쭈쭈바를 입에 문 채 보배와 나, 그리고 이모는 시소를 타곤 했다. 보배와 내가 같은 편에, 이모가 반대편에 앉은 채로 시소를 탈 때의 이모는 평소와는 달랐다. 잘 웃었고, 묻지도 않은 말을 길게 늘어놓기도 했다. 주로 이모부가 살고 있는 뉴질랜드에 관한 이야기였다. 뉴질랜드가 얼마나 넓은 나라인지, 그 나라 자연환경이 얼마나 아름다운지에 대해 이모는 마치 그곳에서 오래 살다 온 사람처럼 이야기했다. 뉴질랜드에서의 삶을 들뜬 표정으로 그리고 있는 이모의 얼굴을 정면으로 마주한 채 시소를 타다 보면 나도 덩달아 신이 났다. 나는 시소가 땅에 닿는 순간 최

대한 높이 튀어오르려 발을 세게 굴렀다. 이모가 뉴질랜드 이야기를 해 줄 때마다 보배는 "엄마 우린 뉴질랜드 언제 가요?" 하고 반복해서 물었다. "보배가 영어 잘하게 되면, 보배가 영어 동화 전집 마스터하면." 이모 역시 같은 답을 여러 번 되풀이했다. 해가 뉘엿뉘엿 지고 놀이터에 있던 아이들이 하나둘 저녁을 먹으러 가는 시간에도 이모와 보배는 놀이터 벤치에 앉은 채 집에 돌아가지 않았다.

"이모, 왜 집에 안 가요?"

이모는 내 물음에는 대답하지 않고 엄마가 기다리시니 어서 집에 가서 저녁을 먹으라고 말했다. 어린 시절 좀처럼 잘 먹지 않는 아이였던 나는 배가 고프지 않다며 보배 옆에 자리를 잡고 앉았다.

"우리 비밀 편지 읽을 건데. 언니 있으면 안 되는데."

보배가 나를 빤히 바라보며 말했다. 나는 영문을 모르겠다는 얼굴로 이모를 바라봤다. 이모는 조금 곤란한 표정을 짓다가 목소리를 낮춘 채 내게 물었다.

"음, 오늘은 지연이도 같이 읽을까? 이모랑 보배랑 뉴질랜드에서 온 비밀 편지 읽을 건데 지연이도 비밀 지킬 수 있어?"

나는 고개를 끄덕였다. 이모는 천으로 된 작은 손가방에서 가장자리가 빨간색과 파란색으로 장식된 국제 우편 봉투를 꺼냈다.

이모는 남자 어른의 목소리를 흉내 내면서 동화 구연을 하듯이 편지를 읽었다. 나는 숨을 죽인 채 이모 쪽으로 몸을 기울였다. 비자 문제가 해결되어 아빠는 그 어떤 때보다 편하게 주말을 보냈고, 농장 근처로 숙소를 옮기면서 예전보다 여유 시간이 생겨 소식을 전한다. 우리 보배 오늘도 엄마 말씀 잘 듣고 밥 잘 먹었니? 보배가 목청을 높여 "네." 하고 대답했다. 비밀 편지라는 말에 괜히 가슴이 두근거리면서 심각한 표정을 짓고 있던 나와는 달리 보배의 얼굴에는 웃음기가 가득했다.

명절 전 납품 물량이 많은 주간에는 우리 집에 모이는 사람들이 평소보다 많아졌고, 마루에는 긴장감이 감돌았다. 동네 여자들은 수다는커녕 화장실 갈 틈도 없이 전사지 작업에 매달렸다. 부엌에서 국수를 끓이고 설거지를 할 시간도 없었다. 그런 날은 중국집에서 점심을 시켜 먹었다. 자기가 고른 음식값은 개개인이 치르고, 탕수육값만 엄마가 내 주는 식이었다. 이모는 입맛이 없다며 점심을 먹지 않고 계속 일을 하겠다고 말했다. 평소의 엄마라면 밥값을 내 줄 테니 억지로라도 한 그릇 먹으라고 했을 텐데, 그날따라 못마땅한 표정을 지으며 이모에게 눈을 흘겼다. 엄마가 그럼 보배는 어쩔 거냐고, 애도 굶길 생각이냐고 물었다. 이모는 머뭇거리다가 나를 바라보고 눈을 찡긋하며 웃었다.

"지연이랑 나눠 먹으라고 할게요. 지연이 어차피 짜장면 한 그릇 혼자 다 못 먹지?"

나는 이모를 따라 웃으며 고개를 끄덕였다. 순간 엄마가 소리쳤다.

“짜장면 한 그릇을 몬 묵기는 와 몬 묵어! 안 그래도 반에서 작은 축에 드는데 묵는 기 부실해서 우짤라 카노!”

나는 이번에는 잔뜩 눈을 부라리고 있는 엄마를 보며 고개를 끄덕였다. 이모는 더 이상 가타부타하지 않고 짜장면 한 그릇을 주문했다. 이모는 자기 몫의 짜장면을 거의 먹지 않고 보배에게 덜어 주었다. 식사 중인 동네 여자들 중 누구도 이모에게 왜 먹는 게 시원찮느냐고 묻지 않았고, 탕수육이나 서비스로 나온 군만두도 권하지 않았다. 나는 절대 남겨서는 안 된다는 엄마의 엄포에 울다시피 하며 짜장면 한 그릇을 겨우 다 비웠다.

동네에 피시방이 처음 생겼을 때 나는 보배를 데리고 그곳에 가보았다. 나는 보배와 피시방 의자 하나에 엉덩이를 나란히 붙이고 앉아 이메일 주소를 만들었고, 보배의 것도 만들어 주었다. 각자의 이름에 생일로 숫자를 붙인 주소였다. 박지연이라는 내 이름의 영문 이니셜을 따서 만든 jyp1016이라는 아이디의 이메일 주소를 나는 지금껏 쓰고 있다. 갓 스무살이 된 내게 보배가 ‘Hi, Jiyeon unny!’라는 제목으로 이메일을 보내왔을 때, 당시 어렸던 보배가 그 주소를 그때까지 정확하게 기억하고 있다는 사실이 반갑고 기뻤다. 그 아이는 외국 사이트의 이메일 계정을 쓰고 있었지만 내가 만들어 줬던 treasure0428이라는 아이디는 그대로 쓰고 있었다. 보배는 내게 영어로 짧은 메시지를 보내왔다. 대학에 입학한 것을 축하한다, 어머니가 선물을 보내고 싶어 하니 지내는 곳의 주소를 알려 달라는 내용이 전부였다. 이메일의 어조는 지극히 사무적이고 건조했다. 외국어에서 오는 거리감 때문인지 이제 다정한 인사를 나누기에는 너무 긴 세월이 지난 탓인지는 알 수 없었으나 짧은 글에 답신을 길게 보내는 것도 조심스러웠다. 나 역시 영어로 간단한 인사와 함께 내 주소를 보냈다. 내가 머리를 빗겨 주고 그네를 밀어 주었던 보배가 어떻게 자랐을지 궁금했지만 살갑게 근황을 묻기는 망설여졌다. 당시 보배는 일곱 살에 불과했으니 나와의 시간을 제대로 기억하지 못한다고 해도 이상할 것이 없었다.

이모가 내게 보내온 것은 뉴질랜드산 양모 이불 한 채였다. Hye-ok이라고 적힌 영문 이름을 보고서야 이모의 이름이 안혜옥이라는 사실을 처음 알았다. 대학 입학을 축하한다. 객지에서 춥지 않기를 바라며. 나는 단 두 줄만 적혀 있는 혜옥 이모의 카드를 손에 쥔 채 한참 들여다보았다. 이모라고 불렀지만 진짜 이모는 아니었던 사람, 먼 나라에서 육촌 조카에게 국제 우편으로 양모 이불을 보내온 이모의 마음이 어떠한 것이었는지 나는 모른다.

이모가 보내온 이불은 보드랍고 폭신했다. 그 이불이 아니었다면 서울에서의 시간이 더 춥고 시렸을 거라고 생각한다. 뉴질랜드산 양모 이불은 내가 가진 것 중 가장 값나가는 것이었다. 자취방 침대에 누워 그것을 덮고 있노라면 대단한 호사를 누리고 있다는 기분마저 들었다. 특별히 좋은 것을 누리고 살아오지 않았다고 생각했는데 서울에 온 이후 과거에 당연하다고 여겼던 것들 중 많은 것을 포기하게 됐다. 번듯하게 차려진 따뜻한 밥 한 끼, 햇볕에 보송하게 말린 빨래 같은 것들이 사치가 되어 버린 지 오래였다. 고향 집의 내 방보다 더 좁고 누추한 방에서 고향에서 입던 잠옷을 그대로 입고 누워 잠을 설칠 때면, 고집을 피워 서울로 왔지만 결국 변한 것은 아무것도 없다는 우울감에 휩싸였다. 그런 나에게 선물로 당도한 새 이불의 질감은 내가 과거와는 다른, 새로운 세상에서 눈 감고 눈뜨고 있다는 것을 실감하게 해 주었다. 두툼한 이불 속에 몸을 넣어 온기를 느끼면서 먼 타국에서 살아가고 있을 이모를 생각하는 일은 내게 다정한 마음을 불러일으켰고, 그것은 당시의 나에게 도움이 되는 일이었다.

휴학과 복학을 반복하고, 졸업을 한 이후에도 이모가 보내 준 이불은 나와 함께했다. 잠자리가 바뀌어 매일 덮던 이불이 없으면 밤새 잠을 제대로 자기 어려웠다. 나와는 달리 은호는 어디에서든 쉽게 곯아떨어지는 편이었다. 학교 앞 모텔에서 밤을 보낼 때마다 내 옆에서 깊은 잠에 빠진 은호를 혼자 두고, 걸어서 십 분 거리의 자취방으로 가 내 이불을 덮고 편안하게 자고 싶다고 생각했다. 내 방으로 가자고 했을 때 은호는 놀라면서도 기뻐했다. 좁고 누추한 공간이었지만 은호는 개의치 않아 했고, 내 방에 초대받았다는 사실 자체에 상당히 들떠 있는 것처럼 보였다. 우리는 옆방으로 소리가 새어 나가지 않도록 주의하며 숨죽여 서로의 몸을 더듬었다.

좁은 침대에서 은호의 몸에 바짝 붙은 채 내가 칠 년째 쓰고 있는 뉴질랜드산 양모 이불에 대한 이야기를 들려주었다. 사실 은호는 내가 이야기를 시작할 때부터 이미 반쯤 눈꺼풀이 감겨 있었다. 가수면 상태에서 건성으로 대답하고 있다는 걸 알면서도 나는 이모에 대한 이야기를 길게 늘어놓았다.

"이불 부드럽고 따뜻하지? 오래 썼는데도 솜이 별로 죽지도 않았어."

"무거워."

은호가 잠꼬대하듯 말했다. 나는 은호의 몸에 반쯤 올라타다시피 붙어 있는 내 몸을 두고 하는 말인 줄 알고 흠칫 놀라 그를 감싸 안고 있던 팔다리를 풀었다.

"무겁고, 불편해."

은호가 이불을 걷어 내고 그 위로 올라가 다시 잠을 청했다. 무겁다고 한 게 내가 아니라 이불이라는 걸 그제야 알았다. 나는 이불을 깔고 누운 은호 옆에서 같은 이불을 덮은 채 밤새 잠을 설쳤다. 은호가 이불을 짓누르고 있어서 자는 도중에 자세를 바꾸기도 쉽지 않았다.

다음 날 아침, 은호는 자신이 잠결에 한 말을 기억하지 못했다.

"밤새 안 추웠어? 무겁다면서 이불도 안 덮고 잔 거 기억나?"

"내가? 자면서 그런 말을 했어? 완전 잘 잤는데."

"어떻게 머리만 대면 바로 잠드는지, 정말 그것도 재주다. 근데 은호 너 집에서도 이불 안 덮고 자?"

"이불? 덮고 자지."

"너는 집에서 이불 뭐 덮어?"

"구스 이불. 그게 가볍긴 하거든. 덮었는지 안 덮었는지도 잘 모를 정도야."

은호는 이 년 전 형수가 결혼하면서 선물한 헝가리산 구스다운 침구 세트를 쓰고 있다고 말했다.

서울에 다니러 온 엄마는 내 자취방에 누워 태어나서 이렇게 좋은 이불은 처음 덮어 본다고 말했다. 사람은 역시 베풀고 살아야 한다고, 어렵게 사는 동생을 거둔 은덕이 돌아왔다고 말하는 엄마에게서 이모를 험담하고 은근히 따돌리던 과거의 모습은 찾아볼 수 없었다.

엄마는 수다도 떨지 않고 휴식 시간도 따로 없이 묵묵히 일만 하는 이모 때문에 작업장 분위기가 너무 삭막해진다고 마뜩지 않아 하면서도 이모만큼 일을 똑 부러지게 하는 이도 드물다고 인정했다. 하루 종일 젖은 전사지를 찻잔에 붙이느라 손에 물 마를 새 없이 바쁜 이모에게 사람들은 왜 그렇게까지 악착같이 일을 하느냐고 물었다. 이모는 진지한 목소리로 이 일이 자신에게는 부업이 아니라 생업이라고 답했다. 남편이 뉴질랜드에서 자리를 잡는 동안 돈을 보내 줄 수 없는 상황이라 보배 우유라도 사 먹이려면 돈을 벌어야 한다고 했다. 그 말을 듣고도 사람들은 이모가 독하다며 뒷담화를 했다. 가장 일을 열심히 했던 이모가 왜 그 공간에서 가장 무시당하는 사람이었는지 나는 지금도 모르겠다. 전사지 작업을 하기 위해 우리 집에 모인 사람들은 돈 때문에 이 일을 하는 게 아니고 그냥 재미 삼아 하는 거라고 자주 강조했다. 다들 한 푼이 아쉬운 처지였지만, 여자가 그악스럽게 돈을 벌러 다니는 건 남편의 체면을 깎는 일이라는 분위기가 당시 시골 마을에는 있었다.

이모는 스스로 정해 놓은 할당량을 채울 때까지 집에 돌아가지 않았다. 어쩌다 아버지가 일찍 귀가한 날이면 사람들은 하던 일을 바로 접고 재빠르게 집으로 돌아갔다. 하지만 이모는 엄마가 아무리 눈치를 줘도 아랑곳하지 않은 채 자기 몫의 일을 모두 끝낼 때까지 마루에서 한자리를 차지하고 있었다. 왜 저렇게 눈치가 없는지 모르겠다고 엄마는 혀를 끌끌 찼지만 나는 그 이유를 짐작할 수 있었다. 아마 이모부 생각을 했을 것이다. 이모부가 일하는 농장에서는 빈이라고 불리는 커다란 상자에 만다린을 따서 채워야 하는데 그는 언제나 기본량으로 정해진 3빈을 넘어 5빈 이상 채우고 퇴근해 남들보다 급여를 많이 받는다고 했다. 하루 종일 나무에 매달려 만다린을 따느라 손이 부르틀 정도인 이모부에 비하면 물에 불린 전사지를 만지느라 손가락 끝이 쭈글쭈글해지는 건 아무것도 아니라고 이모는 담담하게 말했다. 공대를 나와 박사가 되려고 뉴질랜드에서 공부를 하고 있다던 이모부가 대학의 실험실 대신 농장에서 과일을 따고 있다는 상황이 이상해 보이긴 했지만 그것이 구체적으로 무엇을 의미하는지, 그가 타국에서 어떤 시간을 견디고 있는지 열한 살에 불과한 나는 잘 알지 못했다. 오히려 편지글을 낭독해 주는 이모의 목소리와 어조가 너무 사근사근하고 안온해서 이모부의 일상이 낭만적으로 들리기까지 했다. 만다린은 귤과 비슷하게 생겼지만 귤보다 더 크고 달콤하지. 지금 아빠의 방 안은 농장에서 가져온 만다린 향기로 가득하단다. 아마 이 편지에도 향긋한 냄새가 배어 있을 거야. 보배와 나는 이모의 낭독이 끝나기가 무섭게 편지지에 코를 대고 킁킁거렸다.

엄마가 유난히 물량을 많이 받았던 주간에 손이 달려 평소보다 더 많은 사람이 우리 집에 불려 왔다. 부업 경력이 많지 않은 사람들까지 동원되어 겨우 작업을 끝내고 납기일을 맞추기는 했는데 공장의 검사 기준을 통과하지 못한 불량품이 많이 나왔다. 공장에서는 불량품에 대한 임금은 지급하지 않았고, 누구의 것에서 불량이 얼마나 나왔는지는 정확히 알 수 없어서 엄마는 난감해했다. 어쩔 수 없이 일괄적으로 돈을 깎아서 줄 수밖에 없다고 사람들에게 통보하자, 속으로는 불만이 있었겠지만 누구 하나 대놓고 항의하지는 못했다. 양반가 집성촌에서 돈 몇 푼을 더 받으려고 목소리를 높이는 것은 부끄러운 일로 여겨졌다.

그 일에 대해 엄마를 찾아와 따져 물은 사람은 보배 이모뿐이었다. 이모는 밤 10시가 다 되어 가는 시간에 우리 집 대문을 두드렸다. 밖에는 비가 많이 내리고 있었다.

"언니도 아시잖아요. 저는 한 번도 불량품을 내 본 적이 없어요."

이모는 현관에 선 채로 부들부들 떨고 있었다. 엄마는 이모에게 집 안으로 들어오라는 소리도 하지 않았다.

"니가 일 잘하는 건 나도 알지. 그래 가꼬 매번 니 불러 주잖아. 니 이카니까 나도 서운하네. 내 딴에는 우리가 일가라서 니를 더 많이 챙기 왔다고 생각하는데."

"저야말로 계속 참아 왔는데요, 그동안도 매번 조금씩 깎여서 돈 나올 때마다 제가 말 안 하고 있었다고요. 말이 나와서 말인데 백 원짜리 끝전은 왜 매번 떼고 주세요?"

"시상에! 니 그동안 그거 다 세알리고 있었나. 니 우째 그래 계산적이고?"

"계산적인 게 왜 나쁜 거예요? 저는 계산적인 게 나쁘다고 생각 안 해요. 계산을 틀리게 하는 게 나쁜 거죠."

비가 억수같이 내리던 날 이모는 온몸이 비에 젖어 물이 뚝뚝 흘러내리는 가운데 우리 집 현관에 신발도 벗지 않고 서서 자신이 작업한 물량 개수대로 정확히 돈을 받아야겠다고 소리쳤다. 엄마는 그런 이모를 기가 찬다는 표정으로 팔짱을 끼고 내려다보았다. 나는 방문을 겨우 반 뼘 정도 열어 놓고 그 광경을 훔쳐보았다. 나는 엄마와 이모가 싸우는 것을 원치 않았다. 나는 늘 내가 엄마보다는 이모와 비슷한 점이 많다고 생각했고, 심심풀이처럼 이모를 헐뜯는 엄마가 싫었다. 하지만 비 오는 날 밤 우리 집에 찾아와 소리를 지르고 엄마를 몰아붙이는 이모를 나도 모르게 문틈으로 노려보고 있었다.

그로부터 얼마 지나지 않아 이모는 고향을 떠났다. 그리고 몇 년 후 뉴질랜드에 정착했다는 이야기를 전해 들었다. 이모가 고향을 떠나 바로 뉴질랜드로 간 것인지, 아니면 다른 도시로 갔다가 출국한 것인지는 정확히 모른다. 그날 밤 결론이 어떻게 났는지도 생각나지 않았다. 언쟁이 아주 길었고 이모가 어서 우리 집에서 나가 주길 속으로 간절히 바랐던 기억만 남아 있다. 그때 엄마가 이모가 요구한 대로 돈을 제대로 주었는지, 이모가 포기하고 그냥 집으로 돌아갔는지 나중에 물었을 때 엄마는 그런 일이 아예 없었다고, 이모와 싸운 적이 없다고 말했다. 엄마와 이모는 친자매처럼 사이가 좋았다고, 이모가 사정이 어려워 엄마가 가까이에서 많이 챙겼다고, 지금도 뉴질랜드 이모가 많이 보고 싶다고 그리움에 젖은 표정으로 말하는 엄마는 눈가마저 촉촉이 젖어 있었다.

은호의 부모님이 일본 여행을 떠나 집이 비었던 날은 마침 우리의 기념일이었다. 그의 집은 서울 시내에 있는 평범한 아파트였다. 버스를 타고 한강을 건너갈 때 맞은편에서 줄줄이 불을 밝히고 있는 수많은 집 중 하나였다. 거실과 주방은 깨끗하게 정돈되어 있었고, 베란다에는 싱싱한 화분들이 있었다. 집 안 전체에서 온기가 느껴졌다. 집에 오기 전 은호가 예약한 프렌치 레스토랑에서 저녁을 먹으며 마신 와인의 취기 탓인지도 몰랐다.

"내가 낼 테니까 제발 우리 좋은 거 좀 먹자."

비싼 코스 요리 대신 단품으로 된 파스타를 먹겠다고 했을 때 내게 제발 부탁한다며 사정하는 은호의 말투에는 짜증이 섞여 있었다. 좋은 음식을 챙겨 먹고, 좋은 옷을 입고, 좋은 것들을 보는 삶. 그런 좋은 삶을 위해 우리가 공부하고 취직하려는 거 아니냐고 은호가 말했다. 나는 더 이상 고집을 피우지 못하고 은호가 하자는 대로 했다. 와인을 마시며 셰프가 추천한 특선 요리를 먹은 후 그의 집까지 따라왔다.

은호의 방에 들어가 그가 공부하는 책상을 손으로 쓸어 보았다. 그가 누리고 있는 좋은 것, 그리고 앞으로 그가 가지고 싶어 하는 더 좋은 것이 내게는 닿을 수 없는 다른 세계에 있는 것으로만 여겨졌다. 내가 원하는 것은 지금보다는 깔끔한 월세방, 안정적인 학자금 대출 상환 같은 거였으니까. 그게 내가 취직을 해야 하는 이유였다.

거실로 다시 나왔을 때 은호는 식탁에 와인과 치즈를 차려 놓고 기다리고 있었다. 둘이서 와인을 한 병 나눠 마시고 키스를 하다가 갑자기 은호가 웃음을 터뜨렸다.

"이상하게 집중이 안 되네. 방에 들어가면 안 될까?"

은호가 거실에 걸려 있는 가족사진을 가리키며 웃었다. 액자 속에서 턱시도를 입은 신랑과 웨딩드레스를 입은 신부를 중앙에 두고 은호와 그의 부모님이 나란히 서 있었다.

은호의 침대로 가서 우리는 알몸이 된 채로 한참 키들거렸다. 헝가리산 구스 이불이 내 몸 위에서 바스락거렸다. 부드럽고 가벼운 질감이었다.

"형수님 부잣집 딸인가 봐? 이불 비싸 보인다."

이불 끝을 매만지며 내가 물었다.

"아냐, 되게 평범해. 아버지는 공무원 퇴직하셨고 어머니는 선생님이랬어. 시부모님 예단 이불 해 오면서 시동생 하나인데 모른 척하기 좀 그렇다고 내 이불까지 보낸 거야. 근데 왜 예단으로 이불을 준비해 오는지 알아? 허물을 덮어 달라는 의미래. 되게 웃기지 않냐? 허물이라니, 무슨 나방도 아니고."

은호는 또다시 키득거리며 웃었다. 나는 따라 웃을 수 없어 가만히 듣고 있었다.

"걱정 마. 난 그런 거 다 생략할 거야. 내가 우리 형 지켜보면서 느낀 건데 우리나라는 결혼 과정에 허례허식이 너무 많아."

등줄기에서 식은땀이 흘렀다. 갑자기 내가 덮고 있는 이불이 너무 무겁게 느껴지면서 숨이 막혀 왔다.

나는 그해 하반기에 지원한 모든 기업의 공채에서 탈락했다. 은호는 대기업 계열의 생명 보험사와 전자 회사 두 군데에 합격해 고민하다가 서울 본사 근무가 확정된 보험 회사를 택했다.

"전자 회사는 지방 공장으로 많이들 보낸대. 난 지방에서는 못 살 거 같아."

지방 출신인 나를 앞에 두고 지방은 절대 사람 살 곳이 못 된다고 아무렇지 않게 말하는 은호의 무신경함에 마음이 상했지만 굳이 티 내지 않았다. 은호가 입사한 후 주말마다 그를 만나 회사 생활 이야기를 들어 주는 것이 점점 불편해지고 있었다.

은호는 회사에서 맺어 준 멘토 선배 이야기에 열을 올리는 중이었다.

"고등학교 선배에 대학 선배, 더군다나 사는 동네도 같은 거야. 우리 아파트 길 건너 단지 사는 동네 형인 거지. 완전 소름 돋지 않아? 그 선배가 그러더라. 우리 회사가 우리 같은 타입의 인재를 좋아한대. 근데 그게 뭔지 나는 잘 모르겠어. 그 형이랑 나는 성격이나 스타일이 완전 다르거든? 전공도 다르고."

나는 은호 같은 타입이 무엇인지 확실히 알 수 있었다. 서울 중산층 가정 출신에 서울 소재의 사년제 대학을 나온 남자 사원. 애초부터 그곳에 내 자리는 없었다.

"여자 선배들은? 다른 여자 동기들은 어떤 사람들이야?"

"이번에 여자를 거의 안 뽑았더라고. 연수 갔더니 신입 사원 서른 명 중에 여자는 세 명밖에 없어. 그 셋 다 학벌이며 스펙이 완전 후덜덜이야."

"그 정도면 처음부터 채용 공고에 여자는 거의 안 뽑습니다, 라고 공지해야 하는 거 아냐?"

"그러게, 우리 회사지만 진짜 너무해. 소문에 회장이 보수적이라 여자 직원 뽑는 걸 싫어한대. 지연이 너 아무래도 다음 공채 때 H그룹은 아예 패스하는 게 낫겠어. 다른 쪽으로 뚫어 보자. 기분 나쁘게 듣지는 말고……. 현실이 그렇다는 이야기야. 그러니까 떨어진 거 네 잘못 아니라고. 너무 상심하진 말았으면 좋겠어."

"내 잘못 아닌 거 알면 상심 안 해도 되는 거니?"

그날 우리는 심하게 다퉜다. 은호는 평범한 신입 사원다운 긴장과 피로를 하루하루 견뎌 내는 중이었고, 나 역시 평범한 취업 준비생다운 울분과 공격성으로 무장하고 있었다. 그날은 같이 취업 준비를 하던 중 남자 친구만 합격했다는 자격지심까지 더해져 평소보다 더 신경질적으로 은호를 대했다. 그 일 때문에 우리가 헤어진 것은 아니다. 우리는 아주 자연스럽게 멀어졌고, 더 이상 복구가 어려운 수준으로 관계가 망가졌을 때 이별이라는 수순을 밟았을 뿐이다.

나는 올해 서른이 되었고, 삼 년 차 직장인이 되었다. 은호와 헤어진 후에도 나는 무수히 많은 회사로부터 불합격 통지를 받다가 겨우 지금의 회사에 취업했다. 내가 다니고 있는 유통 회사는 취업 준비생들 사이에서 절대 가서는 안 되는 곳, 박봉을 주면서 사람을 갈아 넣는 곳, 대다수 신입 사원들이 견디지 못하고 나가는 곳으로 유명한 회사다. 그리고 이곳에서 직장 생활을 하는 동안 그 소문 이상의 일들을 겪었다. "여기에서는 비전이 없어." 입사 동기나 함께 일하던 선후배들이 회사를 떠나며 했던 말은 나에게 생채기를 남겼다. 하지만 버티다 보니 버텨졌고, 시간이 흘렀다. 우리 회사에서 오 년 근속하고 대리 달아 나가면 이 업계 어디에서든 인정받을 수 있을 거라는 말을 들을 때마다 그런 걸 인정이라고 할 수 있는 건가 하는 생각에 헛웃음이 나왔다. 견딜 수 없는 상황에 몰아넣고 그것을 견뎌 낸 자에게만 주는 훈장 같은 것을 업계의 인정이라고 일컫는 모양이었다.

이모를 다시 떠올린 것은 야근 중에 충동적으로 '해외 이민'을 검색창에 쳐 보던 순간이었다. 영단어 treasure와 숫자를 조합해 만든 이메일 주소를 구글링한 끝에 보배의 인스타그램을 찾았을 때 나는 아무도 없는 사무실에서 탄성을 내뱉었다. mom & daddy…… hahahahahaha……라고 장난스럽게 캡션을 달아 놓은 사진 속에서 이모와 이모부가 긴 장화를 신고 해맑게 웃고 있었다. 뒤로는 푸른 산이 펼쳐져 있고 한가로이 초원을 거니는 양도 몇 마리 보였다. 보배가 올린 다른 동영상에서 이모는 능숙한 솜씨로 트랙터를 몰며 너른 들판을 누비고 있었다. 이모는 머리가 회백색으로 세긴 했지만 웅크리고 앉아 전사지를 붙이던 젊은 시절보다 더 밝고 건강해 보였다. 그 후로도 나는 가끔 보배의 인스타그램을 몰래 살펴보곤 했다. 퇴근길 버스 뒷자리에 앉아 휴대 전화로 초록빛이 충만한 뉴질랜드의 풍광을 들여다보는 것만으로도 두 눈이 시원하게 트이는 기분이었다.

내가 자란 동네는 이제 더 이상 집성촌이라 부르기도 어려운, 쇠락한 시골 마을이 되었다. 나이 든 친척 어른의 다수가 세상을 떠났고, 젊은 사람들은 집을 떠났다. 그곳에서 유일하게 변하지 않은 사람이 있다면 우리 엄마일 것이다. 엄마는 이모의 계모, 엄마에게는 사촌 올케가 되는 할머니의 장례식장에 다녀온 후 혜옥 이모가 해도 너무한다며 목소리를 높였다.

"아무리 계모라도 그렇지 보배 엄마 그년은 코빼기도 안 비추는 기라. 뉴질랜드가 달나라라도 되는갑지? 즈그 언니 오빠들캉도 소식 다 끊어가 연락도 안 된단다. 뉴질랜드 가서 출세해 가꼬 대저택 같은 데 산다 카데."

대저택이 아니라 뉴질랜드 북섬의 작은 농가라고 정정하려다가 입을 다물었던 것은 이모네 가족에게 그것이 결코 '작은' 의미가 아닐 거라는 생각이 들어서였다.

혹시 이모에게 연락이 닿지 않아 소식을 몰랐던 것은 아닐까, 나라도 부고를 전해야 할까 고민하다가 그러지 않기로 했다. 엄마와 나, 서로의 기억 속에서 혜옥 이모는 각각 다른 사람으로 존재했다. 과연 이모는 나와 우리 가족을 어떻게 기억하고 있을지 궁금했지만 직접 물어보기는 껄끄러웠다. 가계정을 만들어 반년 넘게 보배를 팔로우하고 있었다는 사실을 이제 와 알리기도 겸연쩍었다. 어린 시절 이모는 내게 뉴질랜드 이야기를 다채롭게 들려 주면서도 빈말로라도 나중에 크면 놀러 오라는 말을 절대로 하지 않았다. 그것이 내심 서운하기도 했지만, 지금 생각해 보면 이모와 나는 딱 그 정도의 거리가 적당했다. 우리는 그저 먼 친척에 불과했고, 서로의 삶에 지나치게 관심을 가지는 친척 관계가 얼마나 지긋지긋한지 너무 잘 알고 있었으니까.

이모는 내게 소읍의 집성촌을 벗어난 새로운 삶의 방식도 존재한다는 걸 알려 준 사람이었고, 스스로 더 멀리 날아가 씩씩하게 살아가는 모습을 보여 준 사람이었다. 이모에게는 미안한 이야기지만 비전도 보람도 없는 직장에 매달리고 있다는 자괴감이 밀려와 모든 것을 그만두고 고향에 내려가 버리고 싶다는 생각이 들 때에도 이모를 생각하면 마음이 바뀌었다. 이모가 고향에서 어떤 취급을 받았는지 떠올리면 절대 그곳에 돌아가고 싶지 않았다. 그녀가 낯선 나라로 건너가 양 농장의 주인이 되기까지 얼마나 많은 시행착오와 좌절을 겪었을지 나는 짐작조차 하기 어려웠다. 아니, 지금까지도 이모는 쉽지 않은 시간들을 견디고 있을지도 모른다. 내가 볼 수 있는 건 인스타그램에 올라온 사진뿐이니까. 동화 구연을 하듯 부드러운 목소리로 전하던 뉴질랜드의 삶이 그저 아름

답게 느껴졌던 것처럼 필터링을 거친 인스타그램 사진에 담긴 이모의 일상을 보는 것은 지치고 성마른 마음을 조금이나마 달래 주는 효과가 있었고, 먼 곳에 있는 누군가에게 다정한 마음과 응원을 보내는 행위는 내 일상에도 약간의 온기를 돌게 했다. 나는 아무런 정보가 없는 가계정으로 보배의 인스타그램 게시물에 하트 하나를 보탠 후 해외 이민에 대한 정보를 조금 더 찾아보다가 인터넷 창을 닫았다.

윤성희

1999년 단편 소설 「레고로 만든 집」이 동아일보 신춘문예에 당선되며 작품 활동을 시작했다. 소설집 『레고로 만든 집』, 『거기, 당신?』, 『감기』, 『웃는 동안』, 『베개를 베다』, 『날마다 만우절』, 중편 소설 『첫 문장』, 장편 소설 『구경꾼들』, 『상냥한 사람』 등을 썼다.
현대문학상, 황순원문학상, 이수문학상, 이효석문학상, 오늘의 젊은 예술가상, 한국일보문학상, 김승옥문학상 등을 수상했다.

05

유턴 지점에 보물 지도를 묻다

1

분만실 밖에서 아버지는 담배 한 갑을 다 피웠다고 한다. 텔레비전에서는 한 해가 저물어 가는 거리 풍경을 보여 주었다. 눈발이 흩날리고 있었다. 어머니는 여덟 시간째 진통 중이었다. 아버지는 시계를 보면서 조금만 더 조금만 더, 라고 혼잣말을 중얼거렸다. 아버지는 당신의 자식이 새해에 처음으로 태어나는 아이이길 바랐다. 그러면 모든 행운이 자기에게로 몰려올 것만 같았다. 가게는 몇 달째 적자를 보고 있었다. 겨울이 끝나려면 아직 멀었는데 연탄은 몇 장밖에 남지 않았다. 때마침 산부인과에서는 새해 첫 아이가 이 병원에서 태어날 경우 소아과를 무료로 이용할 수 있도록 해 준다고 했다. 12월 31일 열한 시 삼십사 분에 언니가 태어났다. 삼십 분만 늦게 나왔으면 좋았을걸……, 아버지가 간호사에게 말했다. 그러자 간호사가 이렇게 대답했다. 걱정 마세요. 배 속에 아직 한 명이 더 있거든요. 그 이야기를 들은 아버지는 시계를 보면서 조금만 빨리, 라고 외쳤다. 1월 1일 영 시 삼십일 분에 내가 태어났다. 삼십 분만 빨리 나왔으면 좋았을걸 그랬죠? 이번에는 간호사가 아버지에게 말했다.

어머니는 곧 중환자실로 옮겨졌다. 아버지는 산소 호흡기를 낀 어머니의 머리맡에 앉아서 어린 시절에 대해 이야기했다. 할아버지는 D시에서 꽤 유명한 나이트클럽의 사장이었다. 할아버지의 교육 철학은 오직 한 가지였다. 강한 정신력! 할아버지는 한때 D시를 떠들썩하게 만든 유도 선수이기도 했다. 아버지는 할아버지의 뜻에 따라 유도, 태권도, 검도를 배웠다. 여덟 달 만에 태어나 온갖 잔병치레를 하며 자라 온 아버지에게 운동은 벅찼다. 운동의 강도가 높아지면 높아질수록 아버지는 점점 말을 더듬었다. 이상하게도 아버지의 얼굴만 보면 입이 딱 붙어 버리는 거야. 그래도 마지막 말은 제대로 했어. 전 이제 집을 나가겠어요, 다시는 돌아오지 않을 거예요, 라고. 한 번도 더듬거리지 않고 말했어. 아버지는 어머니의 머리를 쓰다듬으면서 이야기했다.

어머니는 당신이 낳은 두 딸을 안아 보지 못했다. 장례식이 끝나자, 아버지는 언니를 업고 나를 안은 채 고향으로 향했다. 집을 떠난 지 십 년 만이었다. 할아버지는 여전히 나이트클럽의 사장이었다. 열심히 일하겠습니다. 이번에도 아버지는 더듬지 않고 말했다. 할아버지는 어린 두 손녀를 양쪽 허벅지에 올려놓았다. 나와 언니는 동시에 똥을 쌌고 동시에 울었다. 아이들의 울음소리를 유난히 싫어했던 할아버지는 사귀던 술집 마담에게 선물하기 위해 사 둔 아파트의 열쇠를 아버지에게 주면서 말했다. 나가 살거라. 할아버지는 돌아가시는 그날까지도 나와 언니를 구별하지 못했다.

아버지는 늘 바빴다. 매일 할아버지에게 가서 전날의 영업 실적을 보고해야 했는데, 그때마다 망할 자식이라는 욕을 들었다. 배다른 동생들이 각자 딴 주머니를 차는 바람에 나이트클럽의 경영은 좀처럼 좋아지지 않았다. 아버지에게는 어머니가 다른 동생이 일곱 명이나 있었다. 그중 한 삼촌은 가짜 양주를 제조해 할아버지의 나이트클럽에 팔아넘겼고, 또 다른 삼촌은 질 나쁜 안주를 팔아 원가의 다섯 배도 넘는 폭리를 취하고 있었다. 나이트클럽에 출연하는 가수들을 소개하는 조건으로 커미션을 받는 삼촌도 있었다. 아버지는 누가 뭐라고 해도 자신이 큰형이라는 사실을 잊지 않으려 했다. 하지만 삼촌들은 그 문제에 관심조차 없었다. 제각각 어머니가 다른 그들은 어떤 의미에서 모두 큰형이었다.

우리를 키운 것은 누룽지 할머니였다. 원래는 옆집에 살던 할머니였는데, 누룽지를 너무도 좋아해서 언니가 붙여 준 별명이었다.

할머니의 큰아들은 수십억의 빚을 갚지 못하고 야반도주를 했다. 그날 할머니는 동네 친구들과 꽃구경을 갔었다. 할머니의 가방에는 손자에게 주려고 산 바나나가 들어 있었다. 할머니는 자신이 살던 집 대신 우리 집 초인종을 눌렀다. 그리고 손자에게 먹이려던 바나나를 우리에게 먹였다. 누룽지 할머니는 자주 졸았다. 밥을 먹다가도 졸고, 텔레비전을 보다가도 졸고, 심지어는 화장실에서 용변을 보다가도 졸았다. 그래서 우리는 조용히 노는 법을 배워야 했다. 요란한 소리가 나는 장난감은 버렸다. 나에게는 언니가, 언니에게는 내가 장난감이었다. 사람들이 누가 언니니? 하고 물으면 우리는 저요, 하고 동시에 대답했다. 그럼 누가 동생이니? 하고 물으면 얘요, 하고 서로 상대방을 손가락으로 가리켰다. 언니가 걸으면 나는 그 뒤에 서서 언니의 걸음걸이를 흉내 냈다. 내가 그림을 그리고 있으면 언니가 내 옆에 앉아서 내가 그린 그림과 똑같은 그림을 그렸다. 우리는 이 놀이를 그림자 놀이라고 불렀다. 누룽지 할머니는 우리에게 설탕을 바른 누룽지를 쥐여 주면서 말했다. 헷갈려 죽겠다, 헷갈려 죽겠어.

누룽지 할머니는 우리의 얼굴을 쓰다듬으면서 당신의 손자 이름을 중얼거렸다. 헷갈린다는 말을 너무 자주 하더니, 결국 머릿속에 들어 있는 기억들이 뒤엉키기 시작한 모양이었다. 우리는 할머니 앞에서는 더 이상 장난을 치지 않았다. 하지만 할머니의 실수는 줄어들지 않았다. 누룽지에 설탕 대신 소금을 바르거나, 국에 간장 대신 식초를 넣었다. 할머니가 한 음식이 맛이 없어지자 우리는 밥 대신 우유를 먹었다. 하루에 1리터씩 마셨더니 키가 쑥쑥 자랐다.

거실에는 커다란 카펫이 깔려 있었다. 카펫에는 동그라미, 네모, 세모의 도형들이 그려져 있었다. 카펫 위를 걸을 때는 우리만의 규칙이 있었다. 언니는 붉은색을 밟으면 안 되고 나는 초록색을 밟으면 안 된다는 규칙이었다. 붉은색 또는 초록색을 피해 카펫을 밟는 것은 어려운 일이었다. 까치발을 하고 카펫 위를 걷다 보면 자기도 모르게 자꾸 몸이 기우뚱거렸다. 놀이의 규칙을 모르던 아버지가 우리를 한의원에 데리고 가, 얘들이 똑바로 걷질 못해요, 혹시 빈혈이 있나요? 하며 묻기도 했다. 우리는 벽 가운데에 선을 긋고 양쪽에 스티커를 붙였다. 언니가 붉은색을 밟게 되면 내 쪽에 스티커를 붙였고, 내가 초록색을 밟게 되면 언니 쪽에 스티커를 붙였다. 우리가 열 살이 되면 그때 더 많은 스티커를 가진 사람이 언니가 되기로 했다. 사람들이 스티커에 대해 물어보면 우리는 이렇게 대답했다. 착한 일을 할 때마다 하나씩 붙이는 거예요. 그러면 어른들은 엄마도 없는데 참 잘 컸네, 하고 우리의 머리를 쓰다듬었다.

한번은 내가 담벼락 밑에 나 있는 민들레를 밟았을 때 언니가 다가와 내 등을 툭 치면서 말했다. 스티커 한 개. 우리는 짓밟힌 민들레를 보며 웃었다. 그날 이후로 우리는 길을 걸을 때도 이 놀이를 했다. 아버지는 민들레를 밟아 죽인 후에 웃는 우리의 모습에 큰 충격을 받았는지 아동 심리학 박사에게 전화를 걸어 상담을 했다. 결론은 간단했다. 무조건 사랑하세요. 사랑이 부족한 아이들에게 나타나는 현상입니다. 아버지는 어떤 일이 있어도 하루에 한 번씩 우리를 꼭 껴안아 주었다.

버스 정류장 앞에 새로운 보도블록이 깔렸다. 하필이면 붉은색 벽돌이었다. 언니는 그 길을 걸을 때마다 붉은 벽돌을 밟지 않도록 조심했다. 두 팔을 벌리고 보도블록 가장자리를 따라 조심스럽게 걷는 언니는 체조 선수 같았다. 짜장면 배달하던 오토바이가 속도를 줄이지 못하고 달려들 때도 언니는 그렇게 두 팔을 벌리고 있었다. 나는 혼자 초등학교에 입학했다. 아버지는 하루에 두 번씩 나를 꼭 껴안아 주었다. 여전히 길을 걸을 때면 초록색은 밟지 않았다. 혹시 나도 모르게 밟게 되면 그날은 집에 돌아와 언니 쪽 벽에 스티커를 붙였다. 누룽지 할머니는 자주 언니 이름을 불렀다. 할머니의 시선은 언제나 내 등 뒤를 향해 있었다. 내 뒤에 언니가 서 있다는 것을 아는 사람은 할머니와 나뿐이었다. 아버지가 할머니를 병원에 보낸 후, 그 사실을 아는 사람은 나 혼자가 되었다.

고등학교 일 학년 때 할아버지가 돌아가셨다. 개회충이 눈과 뇌로 파고들었다. 사인은 가까운 가족들에게만 알려졌다. D시에서 최초로 나이트클럽을 개업한 사람의 마지막으로는 어울리지 않는 죽음이었다. 그래서 아버지는 신문 부고란에 심장 마비라고 알렸다. 말년에 할아버지는 다섯 마리의 개를 키웠다. 한 번도 자식들을 따뜻하게 안아 준 적이 없었던 할아버지는 개들을 안고 잠이 들었다. 할아버지가 돌아가시자 개보다도 사랑을 못 받았다고 생각한 삼촌들이 다섯 마리의 개를 잡아먹었다.

병원 침대에 누워 할아버지가 했던 마지막 말은 거기, 였다. 삼촌들은 숨을 헐떡거리는 할아버지에게 물었다. 유언장은 어디 있어요? 어디에 두었나요? 할아버지는 검지손가락으로 병원 천장을 가리키면서 말했다. 거기……. 그리고 다음 말을 잇지 못했다. 아버지가 장례식장을 지키는 사이 일곱 명의 삼촌들은 할아버지의 집을 뒤졌다. 어디에서도 유언장은 나오지 않았다. 삼촌들은 서로 소송을 걸었다. 더 이상 아버지를 형이라고 부르는 동생은 없었다. 아버지는 일곱 동생들을 집으로 불러들였다. 나는 유산 따위에는 아무 관심도 없다. 아버지의 말이 끝나자 삼촌들은 눈동자를 굴려 대며 못 믿겠다는 표정을 지었다. 정말이야? 아버지와 몇 달 밖에 차이가 나지 않는 첫째 삼촌이 말했다. 정말이야. 하지만 대신 조건이 있다. 내가 재산을 포기하는 조건으로 니들 빰을 한 대씩 쳐도 되겠냐? 삼촌들은 작은방으로 가더니 무엇인가를 의논하기 시작했다. 삼촌들은 차례로 서서 오른쪽 빰을 아버지에게 내밀었다. 아버지는 삼촌들의 빰을 한 대씩 때렸다.

그날 새벽, 아버지는 편지 한 장을 남겨 놓고 집을 나갔다. "매달 25일이 되면 돈을 부치마. 건강해라." 나는 아버지가 남긴 쪽지를 냉장고 문에 붙여 두었다. 잠이 오지 않는 날이면 농에 있는 이불을 모두 펼쳐 놓고 그 위를 걸었다. 어떤 날은 빨간색 무늬를 건너뛰었고, 어떤 날은 노란색을, 또 어떤 날은 파란색을 건너뛰었다. 시간은 빠르게 흘러갔다. 나는 고등학교를 졸업하고 여행사에 취직을 했다. 더 이상 아버지의 도움을 받기 싫어 통장을 없앴다. 해지한 통장을 본 순간 더 이상 아버지를 만날 수 없을 것 같다는 예감이 어렴풋하게 들었다.

2

아버지는 기차간에서 돌아가셨다. 아버지의 주머니에서 발견된 것은 부산행 새마을호 기차표와 만 원짜리 네 장이 전부였다. 나는 다니던 여행사를 그만두었다. 오 년을 일하는 동안 나는 한 번도 여행을 가지 않았다. 오 년 동안 나는 등받이가 삐뚤어진 의자에 앉아서 여행을 떠나는 사람들의 설렌 얼굴을 마주 보고 같이 웃어 주었다. 여행사를 그만두고 나는 부산행 새마을호 기차표를 끊었다. 5호 차량 좌석 번호 25번. 아버지가 눈을 감은 자리였다. 아버지가 기차를 탔던 서울역에서 시체로 발견된 부산역 사이. 기차가 어디를 통과할 때쯤 아버지의 심장이 멈췄는지 짐작해 보면서 나는 서울과 부산을 오갔다.

Q를 만난 것은 서울과 부산을 왕복한 지 일곱 번째 되었을 때였다. 그는 내가 예약한 25번 좌석에 앉아 있었다. 잠을 자는지 눈을 감고 있었다. 이봐요! 나는 Q의 어깨를 흔들면서 말했다. 여기 제 자리거든요. 한참이 지나도 Q는 눈을 뜨지 않았다. Q는 눈을 감은 채 무슨 노래인가를 흥얼거렸다. 노래에 맞춰 손바닥으로 무릎을 두드리며 박자를 맞추고 있었다. 나는 Q의 손을 내려다보았다. 손마디마다 굳은살이 박혀 있었다. 이봐요, 안 자고 있다는 거 다 알아요. 얼른 자리 바꿔 주세요. 내 말이 끝나자마자 Q가 픽, 하고 웃었다. 덩치에 어울리지 않게 Q의 양 볼이 붉어졌다. 우리는 삶은 달걀을 사서 두 개씩 나눠 먹었다. Q는 사이다를 마시고는 트림을 했다. 다른 사람 앞에서 트림을 해 본 적이 없다고 내가 말하자 Q는 마시던 사이다를 주면서 말했다. 마셔요. 그리고 한번 해 보세요. 나는 사이다를 남김없이 마시고 아주 길게 트림을 했다. 앞자리에 앉은 남자가 뒤돌아보았다. 시원했다. 나는 Q와 친구가 되었다.

Q는 얼마 전까지 지하철 기관사였다. 원래의 꿈은 기차를 몰아 보는 것이었는데, 그 꿈을 이루지 못한 대신 가장 비슷한 일을 찾아냈다. 기차에 치여 한쪽 다리를 잃은 Q의 아버지는 Q가 지하철 운전기사가 되던 날 동네잔치를 열었다. 동네 사람들은 기차나 지하철이나 마찬가지라며 웃었다. 그날 동네 사람들이 마신 술값은

Q의 한 달 월급보다도 많았다. 지하철을 몰면서 Q는 하루에 껌을 한 통이나 씹었다. 좁고 컴컴한 굴 속을 뚫고 지나갈 때면 심장이 답답하게 죄어 왔다. 경기가 나빠지면서 지하철에서 자살하는 사람들이 많아졌다. 지하철을 몰기 시작한 지 일 년 정도 지났을 때, 한 여자가 Q의 열차로 뛰어들었다. 하늘색 블라우스에 검은색 치마를 입은 여자였다고 한다. 여자가 열차로 뛰어들기 직전 Q는 여자와 눈이 마주쳤다. 평생 잊을 수 없을 거예요, 그 눈을. 지금도 눈만 감으면 그 여자의 눈이 선명하게 보이는 것 같아. 그렇게 말할 때 Q의 눈동자가 얼마나 불안하게 흔들렸는지 나도 모르게 Q의 손을 잡아 주었다.

그날 나는 Q를 따라 내렸다. 짐은 없어요? Q의 말에 나는 손바닥을 위로 향하게 하고는 웃었다. 아무것도 없어요. 순간 D시에 있는 집 현관문을 잠그지 않은 게 생각났다. 도둑이 들어 봤자 별로 훔쳐 갈 것도 없었다. 물건들은 몇 달쯤 나를 기다리다가 결국 지쳐 스스로 색이 바랠 것이다. Q는 나를 중국집의 주방 보조로 취직시켜 주었다. 사촌 형이 외국으로 가면서 자신에게 맡긴 가게라고 Q는 말했다. 나는 눈물을 잘 흘리지 않는 편이라서 양파를 깔 때도 괜찮았다. 열다섯 살 때부터 중국집에서 일했다는 주방장은 양파를 깔 때면 어린아이처럼 눈물을 흘렸다.

영업이 끝나면 우리는 주방에 앉아서 소주를 반 병씩 마셨다. 안주는 팔다 남은 짬뽕 국물이 전부였다. Q는 불면증에 시달렸다.

나는 Q에게 충혈된 눈으로 손님들을 쳐다보지 말라고 충고해 주었다. 가뜩이나 없는 손님, 그마저도 도망가겠어요. 그러자 주방장이 나를 째려봤다. 음식이 맛없어서 손님이 없다는 사실은 아는 모양이었다. 비가 오는 날이면 Q는 만두를 만들어 주었다. Q가 만든 고기만두는 정말 맛있었다. 어린 시절 울보였던 Q는 만두, 라는 말만 나와도 눈물을 그쳤다고 한다. 정말 맛있어요. 나중에 만두 가게를 차려도 되겠어요. 나는 입천장이 데도록 뜨거운 만두를 한입에 꿀꺽 삼키면서 말했다. 어머니가 이십 년 넘게 만들어 주었던 만두에 비하면 아무것도 아니라고 대꾸하며 그가 씁쓸하게 웃었다.

나는 찜질방에서 지냈다. 한 달치 목욕비를 한꺼번에 끊으면 20퍼센트를 할인해 주었다. 매일매일 목욕을 했더니 잠이 잘 왔다. 개인 사물함에 들어가지 못하는 물건들을 보면 아예 욕심이 생기질 않았다. 최신식 가전제품을 보아도 마음이 흔들리지 않았고, 예쁜 옷을 보아도 사고 싶다는 생각이 들지 않았다.

목욕을 하고 나오다가 바닥을 닦고 있는 여자의 발을 밟았다. 어! 미안해요. 여자는 괜찮다는 듯 목례를 하고는 다시 바닥을 닦기 시작했다. 다음 날 나는 수건을 개고 있는 여자의 다리를 깔고 앉았다. 미안해요. 못 봤어요. 나는 다시 한번 사과를 했다. 그다음 날 나는 목욕탕 문을 열고 나오는 여자와 정면으로 부딪쳤다.

여자와 나는 혹이 난 이마를 만지작거리면서 나란히 바닥에 누웠다. 누군가가 수건에 차가운 물을 적셔 왔다. 괜찮아요? 여자의 이마에 찬 물수건을 대 주면서 내가 말했다. 괜찮아요. 늘 이런 일이 일어나는걸요. 여자가 힘없이 웃었다.

여자의 이름은 W였다. W는 내게 몸에 난 수많은 멍을 보여 주었다. 하루에 수십 번은 사람들과 부딪쳐요. 가만히 서 있는 내 발을 밟고 나서 사람들은 이렇게 말하죠. 미안합니다. 못 봤어요. 정말 사람들 눈에는 제가 잘 안 보이나 봐요. W의 말처럼 나도 W와 부딪치기 전까지는 그녀의 존재를 느끼지 못했다. 어, 이 사람이 언제 여기에 있었지? W와 부딪치고 난 뒤에야 그런 생각이 들었다.

학창 시절 W의 별명은 유령이었다. 소풍을 가서 담임 선생님이 W를 빼고 인원을 센 적도 있었다. W의 짝은 한 학기가 지나도록 W의 이름을 제대로 외우지 못했다. 한번은 유리창을 닦다가 2층에서 떨어진 적이 있었는데, 그때 반 아이 중 한 명이 유리창을 닦고 있는 W를 보지 못하고 창을 닫았기 때문이었다. W와 일 년을 넘게 만나 오던 남자 친구는 헤어지면서 이렇게 말했다고 한다. 난 니가 무서워. 이제 제발 나를 따라다니지 마!

W의 어머니는 꽤 유명한 배우였다. 남편의 외도로 무너진 가정을 지키려고 필사적으로 애를 쓰는 우울증 주부의 역을 해서 사람들의 입에 오르기 시작했다. W는 그녀가 배우가 되기 전에 낳은

아이였다고 한다. 어머니와 외할머니 외에는 아무도 자신의 존재를 모른다며 W가 입꼬리를 비틀면서 웃었다. 아니, 이젠 외할머니가 돌아가셨으니 어머니만 입을 다물면 아무도 내 존재를 모르겠네! W가 혼잣말을 하듯 허공을 보며 중얼거렸다. W와 그 배우는 얼굴이 전혀 닮지 않았다. 아마 아버지가 못생겼나 보지. 나는 W의 이야기를 들으면서 짐작해 보기도 했다. 어머니가 유명해질수록 W는 유령 같은 존재가 되어 갔다. 어머니가 연기상을 받던 이 년 전 그날, W는 길을 가다 자신의 그림자가 보이지 않는다는 것을 알고 깜짝 놀랐다고 했다.

W와 나는 자주 냉면을 먹으러 다녔다. 우리는 뜨거운 탕에 삼십 분 정도 몸을 담그고 난 뒤, 젖은 머리카락을 흩날리며 냉면집을 찾아다녔다. W는 매운 것을 잘 먹었다. 이렇게 매운 것을 먹으면 머릿속이 텅 빈 것 같거든. W는 질긴 면을 입으로 꾸역꾸역 집어넣었다. 매운 음식이 식도를 타고 내려가는 순간, W는 자신이 살아 있음을 느낀다고 했다. W는 자신이 만든 아주 매운 소스를 늘 가지고 다녔다. 냉면이 나오면 자신이 만든 소스를 더 넣어서 먹었다. 나도 조금씩 W가 만든 매운 소스를 먹기 시작했다. 우리는 얼얼한 혓바닥을 쭉 내밀고 숨을 쉬었다. 고춧가루가 다이어트에 효과가 있다는 말이 사실인지 살이 조금 빠지기도 했다.

중국집 문을 닫는 날이면 Q가 찜질방으로 왔다. W가 일을 하는 동안, 나와 Q는 요가를 배우고 재즈 댄스를 배웠다. 목이 마르면 식혜를 사서 마셨다. 너무 달았지만 살얼음이 뜰 정도로 차가워서 마시고 나면 가슴속까지 시원해졌다. 가족 단위로 찜질방을 찾는 사람들이 많아지면서 다양한 게임을 즐길 수 있는 방이 생겼다. W의 일이 끝나면, 우리 셋은 게임방으로 가서 말 옮기기 게임을 했다. 과일 숫자를 맞히는 게임이나 앞서 가던 돼지를 잡는 게임도 했다. 사람들은 둥그런 탁자에 앉아서 주사위를 굴렸다. 블록이 무너지면 사람들이 와아! 하고 좋아라 했다. 여기저기서 뿅망치 두드리는 소리가 들렸다. 내기가 없는 게임은 싫다고 Q가 말했다. 그래서 우리는 한 게임당 천 원씩 걸었다. 나는 삼만 원을 잃은 날도 있었다. 돈을 가장 많이 딴 사람이 미역국을 샀다. 그런데 왜 찜질방에서는 미역국을 팔아요? 매점 아주머니에게 물어봤지만 대답해 주지 않았다. 미역국을 먹고 나면 각자 흩어져 늘어지게 잠을 잤다. 우리는 밖의 날씨가 어떤지에 대해 관심이 없었다. 일기예보는 보지도 않았다. Q가 누워 있는 W의 발목을 밟아서 인대가 늘어나기도 했지만, 늘 그렇듯이 W는 아무렇지도 않은 표정을 지었다.

하루는 셋이 고스톱을 치고 있는데 고등학생으로 보이는 앳된 여자애가 다가왔다. 저도 같이 하면 안 될까요? 넷이 치면 한 사람은 광을 팔아야 한다며 Q가 투덜거렸다. 광을 판 사람은 주로 W였다. 고스톱을 치면 돈을 잃는 법이 없는 Q가 여자애에게 내리

돈을 잃었다. 자신의 지갑에 있는 만 원짜리가 고스란히 여자애에게로 가자 마침내 Q가 화를 내면서 말했다. 사실대로 말해. 너 고등학생이지? 고등학생이 노름을 하면 돼? Q의 입에서 굵은 침이 튀었다. 고등학생인 여자애가 나와 W의 어깨에 팔을 얹고는 아주 나지막하게 속삭였다. 제가 비밀 하나 알려 드릴게요. 사실 저에겐 보물 지도가 있는데, 생각 있으면 저랑 같이 찾으러 가실래요? 가출한 고등학교 2학년짜리 여자애들이란 거짓말을 밥 먹듯 한다고 Q가 말했다. 고등학생이 지갑을 꺼내 그 안에서 반듯하게 접힌 종이 한 장을 꺼냈다. 거기에는 정교하게 그려진 지도가 있었다. 아버지는 이 지도를 십 년 전부터 금고에 보관해 두었어요. 다 이유가 있기 때문에 그런 거 아니겠어요? 고등학생은 누가 자신의 말을 엿듣지 않는지 살피기 위해 사방을 두리번거렸다. 고등학생의 말을 들을수록 보물이 정말로 있는 것처럼 느껴졌다. 그렇지 않고서야 가출을 하면서 다른 것도 아니고 달랑 지도 하나만을 들고 나왔겠는가. 우리는 밤새 잠을 이루지 못했다. 다음 날 내가 내린 결론은 이거였다. 거짓말을 믿는다고 해서 세상이 망하지는 않지. Q가 내린 결론은 이랬다. 진짜 보물이 나오면 사등분해야 해. W는 우리 둘의 얼굴을 천천히 살펴본 다음에 말했다. 우리 셋은 지금 몹시 심심해.

만일을 위해서 운전을 할 줄 알아야 한다고 Q는 말했다. Q의 충고에 따라 나와 W는 운전을 배웠다. 운전면허를 따는 데 두 달이

나 걸렸다. 그사이 새벽마다 동네 뒷산을 올랐다. 고등학생이 보여 준 지도에 의하면 보물은 산 정상에 있었다. 체력이 좋아야만 보물을 짊어지고 내려올 수 있을 것이라고 우리는 생각했다. 처음에는 약수터까지밖에 못 가겠더니 며칠이 지나자 정상까지 가도 숨이 가쁘지 않았다. 일찍 일어나 보니, 새벽이 생각보다 훨씬 수다스럽다는 것을 알았다. 고등학생은 우리가 동네 뒷산을 오르고 운전을 배우는 동안, 지도에 있는 산이 어느 산인지를 알아내는 일을 맡았다. Q는 중학교 동창을 통해 중고 트럭을 하나 구입했다. 좌석이 네 개 있는 트럭이었다. 등산 용품 전문점에 가서 커다란 배낭을 네 개 샀다. 침낭을 갖는 게 소원이라고 해서 Q에게 침낭을 하나 선물해 주었다. 그랬더니 Q는 그날 밤 뒷산에 올라가 내려오지 않았다. 이 침낭 정말 따뜻해. 다음 날 산에서 내려온 Q의 얼굴에는 수십 방의 모기 물린 자국이 있었다. 긴 장마가 끝난 후 마침내 우리는 출발했다. 삽 두 자루와 곡괭이 두 자루를 트럭에 싣고서.

3

트럭에서는 담배 냄새가 심하게 났다. 에어컨은 작동되지 않았다. 창을 열자 날벌레들이 달려들었다. Q가 창밖으로 고개를 내밀고 침을 뱉었다. 바꿀까요? W가 말했다. Q가 고개를 끄덕이고는 갓길에 차를 세웠다. W가 운전석 쪽으로 자리를 바꾸려는 순간 고등학생이 말했다. 그런데, 두 분 2종 면허 따신 거 아니에요? 나와 W가 동시에 대답했다. 응, 그게 가장 따기 쉽다고 해서. 그런데 뭐가 문제야? 우리의 말을 들은 Q가 허공을 향해 욕을 하기 시작했다. 이런 멍청한 것들!

고속 도로를 빠져나오자 고등학생이 길 안내를 하기 시작했다. 오른쪽으로 가세요. 이대로 한참을 달리다 보면 Y 자로 갈라지는 길이 하나 나올 거예요. 그 말을 듣고 Q는 우회전을 했다. 하지만 아무리 달려도 Y 자로 갈라지는 길은 나오지 않았다. 고등학생은 차를 세우게 하고는 지도를 들고 가로등 밑으로 뛰어갔다. 실내등이 켜지지 않았던 것이다. 한참 만에 돌아온 고등학생이 웃으면서 말했다. 미안해요. 아까 그 삼거리에서 왼쪽으로 가야 해요. Q가 창밖으로 고개를 내밀고 욕을 했다. 이런 멍청한 것!

차는 비포장도로를 한참 달렸다. 차가 덜컹거릴 때마다 W는 밭은기침을 했다. W가 창밖으로 가래를 뱉으려는 순간 차가 멈추었다. 요란한 소리를 내던 엔진이 갑자기 조용해졌다. 솔직히 말해봐요. 이 트럭 얼마 주고 샀어요? 바퀴를 걷어차며 내가 물었다. 팔십만 원……. Q가 마른세수를 하면서 대답했다. 고등학생이 가지고 있는 지도에 의하면 10킬로미터 정도 더 가면 산어귀가 나온다고 되어 있었다. 우리는 삽과 곡괭이를 각자 하나씩 들고 밤길을 걷기 시작했다. Q는 걸어가는 내내 차를 판 중학교 동창 욕을 했다. 내가 예전에 이백만 원 꾼 거 안 갚았다고 이렇게 복수를 하냐, 나쁜 자식! 그 말을 들은 우리는 일제히 Q를 욕하기 시작했다. 산속에서 휘파람 소리가 들려왔다. 소름이 돋았다. 새야. 그래 맞아, 새야. 언젠가 텔레비전에서 봤어. W가 중얼거렸다. 그러고는 자기도 따라서 휘파람을 불었다.

마침내 산 아래 도착하자 새벽이 밝아오기 시작했다. 우리는 산봉우리 사이로 뜨는 해를 보면서 기도를 했다. 가슴속에서 붉은 기운이 올라오는 것이 느껴졌다. 내 평생 이렇게 떨리기는 처음이었다. 그때 옆에 서 있던 고등학생이 말했다. 언니, 왜 이렇게 얼굴이 빨개요? 삽과 곡괭이를 낙엽으로 덮어 숨겨 두고 가까운 마을로 내려갔다. 일을 하려면 일단은 잘 먹어야 하는 법이니까. 우리는 '토종닭'이라고 써 붙어 있는 식당 문을 두드렸다. 잠옷 차림의 남자가 문을 열었다. 한 시간 안에 닭백숙을 해 오면 음식값의 두 배를 주겠어요. 배가 고프면 신경질을 내는 Q 때문에 우리는 터무니없는 흥정을 해야 했다. 식당 남자는 잠옷을 입은 채로 닭을 잡으러 갔고, 식당 여자는 머리도 빗지 않고 세수도 하지 않은 채로 음식을 차리기 시작했다. 주문한 지 정확히 오십육 분 만에 음식이 나왔다. 우리는 닭 두 마리를 십 분 만에 먹어치웠다.

산은 가팔랐다. 곡괭이는 너무 무거웠다. 게다가 손잡이가 길어서 경사진 언덕을 오르는 데 거추장스럽기만 했다. 있잖아, 삽만 있어도 되지 않을까? 땅을 보니 그리 딱딱한 것 같지도 않고…….

산 중턱에서 곡괭이 두 자루를 놓아 버렸다. 그래도 혹시 모르니까 곡괭이를 낙엽 아래에 숨겨 두었다. 근처에 있는 나무에 붉은 손수건을 묶어 위치를 표시했다. 고등학생이 수첩에 산 중턱, 붉은 손수건 나무, 동쪽으로 3미터, 라고 적어 두었다.

W가 망원경을 주웠다. 나무에서 새소리가 들리면 W는 걷다 말고 서서 망원경을 꺼냈다. 그러고는 새가 어느 나무에 앉아 있는지를 찾기 시작했다. W 때문에 산을 오르는 걸음은 더욱 더뎌졌다. 고등학생이 나뭇가지에 걸려 있는 모자를 발견했다. 모자는 손이 닿지 않는 가지에 걸려 있었다. W의 망원경을 빌려 모자를 살펴본 뒤 고등학생이 말했다. 제가 좋아하는 상표예요. 우리는 돌을 주워 나뭇가지에 걸린 모자를 향해 던졌다. 떨어질 듯 떨어질 듯 하면서도 모자는 떨어지지 않았다. 집에 돌아가면 똑같은 것을 사 주기로 약속한 후에야 고등학생은 모자를 포기했다.

마침내 지도에 그려진 대로 산 정상 부근에서 커다란 바위 세 개를 발견했다. 자, 기념으로 담배나 한 대씩 피우죠. 고등학생이 배낭에서 담배를 꺼냈다. 우리는 커다란 바위 위에 둘러앉아 담배를 피웠다. 나도 W도 Q도 처음 피워 보는 담배였다. 나와 W와 Q가 각각 세 개의 바위 위에 섰다. 하나, 둘, 셋, 넷. 그러고는 똑같은 보폭으로 걸었다. 우리 셋이 만나는 지점에 고등학생이 동그라미를 그렸다. 자, 파죠!

땅을 파는 일은 쉽지 않았다. 처음에는 나와 W가 땅을 팠다. 금방 손바닥에 물집이 잡혔다. 무릎이 들어갈 정도로 땅을 팠지만 아무것도 나오지 않았다. 숨이 찼다. 둘이서 1.5리터 물을 한 번에 다 마셨다. Q와 고등학생이 땅을 파는 동안 나와 W는 망원경을 보면서 놀았다. 저기 뭐가 있는 것 같아. W가 100미터쯤 떨어진 곳을 손가락으로 가리켰다. 나뭇잎에 가려 무엇인지 자세히 알 수 없었다. 경사가 심한 내리막길이었지만 우리는 나뭇가지를 붙잡아 가면서 천천히 내려갔다. 미끄러지면서 주황색 풀꽃을 밟았다. 놀란 벌이 요란한 날갯짓을 해댔다. 나뭇잎에 가려진 것은 버려진 등산화였다. 등산화가 버려진 곳에서 얼마 떨어지지 않은 곳에서 선글라스를 발견하기도 했다. 어때, 어울려요? 나는 선글라스를 낀 채 하늘을 올려다보았다. 정말 근사하네요. W가 박수를 치면서 대답했다.

1미터를 팠더니 커다란 바위가 나왔다. 그리고 그 바위를 가느다란 나무뿌리들이 감싸고 있었다. 나는 구덩이에 조금 전 주운 등산화와 선글라스를 던졌다. W는 망원경을 던졌다. 고등학생은 담배와 라이터를 내려놓았다. 그러고는 수첩을 꺼내 조금 전 곡괭이를 숨길 때 적었던 메모를 찢어 담뱃갑 사이에 끼웠다. Q는 트럭 열쇠를 집어던졌다. 우리는 도로 구덩이를 덮었다. 고속버스를 타고 집으로 돌아오는 내내 서로 한 마디도 하지 않고 잠을 잤다. 고등학생은 시내에서 가장 큰 서점으로 가서 지도책 사이에다 보물 지도를 끼워 두고 왔다.

보물을 찾으러 갔다 온 사이, 주방장이 도망을 갔다. 주방에 있던 그릇들과, 냉장고에 가득 들어 있던 음식 재료들과, 배달용 오토바이를 가지고 사라졌다. Q는 주방 바닥에 주저앉아 어린아이처럼 울었다. 그만 울고 싶을 때까지 울어요! 나는 Q의 등을 두드리며 말했다. W가 밖으로 나가더니 어딘가로 전화를 걸었다. 잠시 후에 냉면 네 그릇이 배달되었다. 이럴 땐 매운 음식을 먹는 게 최고예요. W가 가방에서 매운 소스를 꺼냈다. 맞아요. 슬퍼서 울었다고 말하는 것보다는 매워서 울었다고 말하는 게 덜 쪽팔리잖아요. 고등학생이 냉면을 비비면서 말했다. 빈 주방 바닥에 앉아서 우리는 아주 매운 냉면을 먹었다. W는 특별히 Q의 냉면에 자신의 소스를 듬뿍 넣어 주었다. 그때 내 머릿속을 무엇인가가 스치고 지나갔다. 그래, 바로 이거야! 내가 두 주먹을 불끈 쥐고 외쳤다.

나는 Q의 중국집 자리에 만두 가게를 차리자고 했다. 메뉴는 만두와 쫄면. Q는 만두를 만들고 W는 쫄면을 만들면 될 것 같았다. 주문받고 음식 나르는 일은 나하고 이 녀석하고 둘이 하면 되지 않겠어? 나는 고등학생의 머리통을 살짝 건드리면서 말했다. 그러자 고등학생이 나도 끼워 줘서 고마워요, 하고는 훌쩍거렸다. 이거 매워서 우는 거예요. 오해하지 마세요. 그렇게 말하고는 입 속의 면을 씹지도 않고 삼켰다.

나는 여행사를 다니며 번 돈을 내놓았고, W는 찜질방에서 아르바이트를 해서 번 돈을 내놓았다. 벽을 새로 칠하고 바닥에는 미끄러지지 않는 타일을 깔았다. 금고 바닥에서 유효 기간이 지난 복권을 주웠다. 넷은 머리를 맞대고 복권을 긁었다. 먼저 당첨금을 확인했다. 십만 원. 당첨 숫자는 5였다. W가 천천히 동전을 움직였다. 5라는 숫자가 서서히 윤곽을 드러냈다. 에이 아쉽다. 날짜만 안 지났어도. 고등학생이 연신 아쉽다는 말을 했다. Q는 복권을 카운터 벽에 붙여 놓았다. 이게 우리에게 행운을 가져다줄 거야.

고등학생이 Q의 만두를 먹어 보고는 한마디 충고를 했다. 피를 좀 더 얇게 했으면 좋겠어요. 얇으면서도 쫄깃한 맛이 나게요. 그 말을 듣고 Q는 삼 일 동안 주방에서 나오지 않았다. 얇은 피를 만들기 위해 다섯 포대가 넘는 밀가루를 반죽해 댔다. W의 쫄면을 먹어 본 뒤 고등학생이 말했다. 우리 쫄면의 핵심은 매운맛이에요. 그러니까 단순하게 한 가지 쫄면만 팔지 말고 매운맛에 등급을 매겨 팔았으면 좋겠어요. 고등학생의 충고에 따라 우리는 쫄면을 네 가지로 구분했다. 안 매운 쫄면, 조금 매운 쫄면, 아주 매운 쫄면, 그리고 마지막으로 미친 쫄면. 미친 쫄면이라는 이름은 고등학생이 지었다.

만두를 먹기 위해 사람들이 줄을 섰다. 매운 쫄면을 먹어 본 사람들이 한마디씩 했다. 이렇게 매운맛은 처음이에요. 가끔 미친 쫄면을 먹는 사람도 있었다. 미친 쫄면을 두 그릇 이상 먹으면 음식값을 받지 않는다고 광고를 했다. 몇 사람이 시도를 했지만, 아직까지는 성공한 사람이 없었다. 고등학생은 저녁에 일을 시키지 않았다. 대신 검정고시 학원에 보냈다. 일 년 만에 고등 과정을 마치더니 그다음 해에 대학에 입학했다. 날 닮아서 머리가 좋은 거야. 나와 W와 Q가 서로 우겨 댔다. 우리 셋은 돈을 모아 대학 등록금을 대 주었다. 우리와 비슷한 이름을 내건 만두 가게들이 생겨나기 시작했다. 하지만 맛을 따라오지는 못했다. 고등학생이 대학을 졸업하던 해에 우리의 재산은 작은 아파트 네 채와 소형차 네 대로 불어났다.

밤이 길게 느껴지는 날이면 나는 차를 몰고 고속 도로를 달렸다. 한참을 달리다 마음에 드는 휴게소에 들어가 어묵을 한 그릇 사먹는 게 유일한 취미였다. 방에 전국 지도를 붙여 놓고, 붉은색 펜으로 어묵이 맛있는 휴게소에 동그라미를 쳤다. 한번은 밤길을 달리다가 나도 모르게 고향인 D시에 간 적이 있다. 내가 살던 아파트 베란다에 어린아이의 옷이 걸려 있었다. 나는 불이 켜진 거실을 오랫동안 바라보았다. 문을 열어 두고 와서 다행이었다. 집이라는 것은 누구든지 살아 줘야 하는 것이니까. 할아버지의 나이트클럽은 없어졌다. 대신 그 자리에 복합 상영관이 들어섰다. 나이트클럽은 언제 없어졌나요? 나는 길 건너 노점상에게 물었다. 벌써 없어졌지. 말도 마. 그 아들들끼리 서로 싸우고 난리였잖아. 노점상은 묻지도 않은 이야기까지 늘어놓았다. 상속을 가장 적게 받은 삼촌이 나이트클럽에 불을 질렀다. 삼촌들 중 몇 명은 아직까지도 재판 중이었다.

12월 31일 밤, 나는 차를 몰고 영동 고속 도로를 달렸다. 고속 도로는 일출을 보러 가려는 사람들로 밀렸다. 나는 앞차의 브레이크등을 바라보며 운전을 했다. 시계가 열한 시 삼십사 분을 가리켰다. 생일 축하해, 언니. 나지막하게 중얼거렸다. 언니가 몇 년만 더 살았다면 틀림없이 내 스티커가 더 많았을 거야. 그러면 내가 언니가 될 수 있었을 텐데. 치사해! 내 목소리가 라디오 음악 소리에 묻혀 버렸다. 여주 휴게소에서 어묵을 한 그릇 사 먹었다. 국물을 마시다 말고 나는 내게 말했다. 생일 축하해. 휴게소 벽에 걸려 있는 시계가 열두 시 삼십 분에서 삼십일 분으로 넘어가고 있었다. 사람들은 일출을 보러 동해로 향했다. 나는 다음 톨게이트에서 유턴을 한 다음 집으로 돌아왔다. 내일은 서해안 고속 도로를 달려 볼까, 어느 휴게소의 어묵이 맛있을까, 이런 생각을 하면서.

김강

2017년 단편 소설 「우리 아빠」로 심훈신인문학상을 받으며
작품 활동을 시작했다. 소설집 『우리 언젠가 화성에 가겠지만』,
『소비노동조합』, 장편 소설 『그래스프 리플렉스』 등을 썼다.

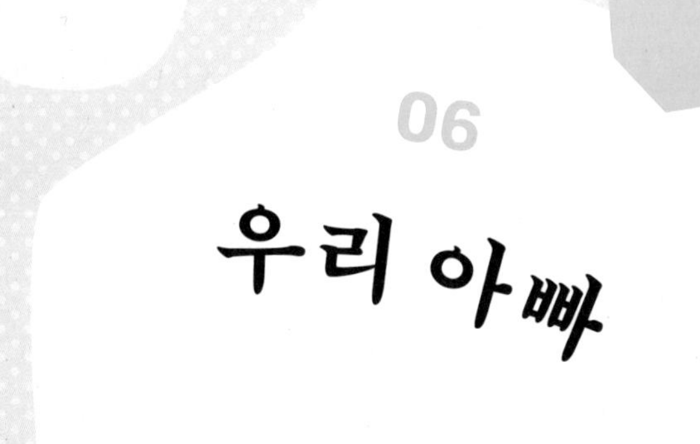

06

우리 아빠

오른쪽 엄지손가락 끝이 아프다. 사십이 되어 가는 나이에 손톱을 물어뜯다니. 어린 시절 잠깐 생겼다 사라진 습관이다. 그만두거나 숨기고 싶지 않다. 스트레스든 불안이든. 비교적 경제적인 해결 방법이다. 손가락 끝만 조금 아프면 된다.

맞은편 데스크의 직원들은 머리를 숙이고 있다. 졸고 있는지 일을 하고 있는지 알 수 없다. 예전에는 내가 머리를 숙였다. 부끄러웠다. 지금은 그렇지 않다. 익숙해질수록 자부심이 커졌다. 오늘은 머리를 숙인 그들 맞은편에 앉아 당당히 얼굴을 들고 있다. 우리나라에 가장 필요한 일을 하고 있지 않은가. 올해 초 정부에서 발표한 '지나온 20년, 다가올 100년의 계획'에는 인구수를 유지, 증가시키는 것이 국정 제일의 과제로 들어 있었다. 그중 신생아 출생률을 늘리는 것은 무엇보다 중요한 일이다.

데스크 앞 대기실은 제법 많은 사람들로 북적인다. 오늘은 결과가 발표되는 날이다. 익숙한 장소와 익숙한 자리, 익숙한 사람들 앞이다. 나 같은 베테랑들은 의자 깊숙이 엉덩이를 밀어 넣고 의자 등받이에 팔을 걸친 채 다리를 꼬고 앉아 서로 안부를 묻거나 눈인사를 하며 발표를 기다린다. 기둥 뒤 반쯤 몸을 가린 채 핸드폰을 들여다보거나 의자 끝에 엉덩이를 걸치고 한쪽 다리를 떨며 두 손을 모으고 있는 사람들은 대부분 신참이다. 혹은 기껏해야 이삼 년 정도 경력의 초짜들이거나. 서로의 눈길을 피해 고개를 돌리다 보면 천장에 달린 조명등 갓에 갇힌 벌레들의 수를 세거나, 메지가 떨어져 나간 바닥의 대리석 틈을 보게 된다.

신발로 대리석 틈을 문질러 보거나 바닥을 긁어 보는 이가 꼭 있다. 주위의 모든 초짜들의 시선은 어느새 그 신발을 따라 이리저리 움직이고, 그러다 누가 자기 이름을 부르기라도 하면 화들짝 놀라 고개를 드는 거다. 화장실에서 볼일을 보고 바지 지퍼를 잠그지 않은 채 돌아서다 청소 아주머니와 마주쳤을 때, 그때 그 표정을 하고서는 저요? 하고 대답할 것이다.

담당 공무원이 합격자의 이름을 부르기 시작했다.

“김종대 씨. 종대 씨, 어디 있어요?”

“네, 여기.”

이름이 불렸다. 당연한 결과다.

"합격입니다. 여기 서류, 동그라미 친 곳에 기재하시고 사인도 부탁드릴게요. 한두 해 하시는 것 아니니 따로 설명드리지 않아도 되지요?"

"이것도 갈수록 적을 것이 많아지네요. 저 정도 베테랑은 그냥 통과시켜 줘야 하는 것 아닙니까?"

"그래도 이게 중요한 일이잖아요. 종대 씨야 그냥 돈을 받는 일인지 몰라도, 한 생명이랑 관계된 일이니 엄격해져야지요."

그냥 돈 받는 일이라니. 17년째 하는 일이거든. 나에겐 이게 직업이란 말이다. 나에게도 직업의식이란 것이 있다고. 입안에서 맴돌았지만 입 밖으로 내지 못했다. 저 공무원도 나를 대면한 지 4년 정도 되었으니 내가 무슨 말을 한들 피식 웃을 것이 분명하다.

어쨌든 또다시 1년의 시간을 벌었다. 1년간 2주에 한 번 200만 원씩 통장에 입금이 될 것이다. 한 달이면 400이니 적지 않은 돈이다. 처음 시작할 때는 60만 원씩 한 달에 120만 원이었다. 그때와 비교하면 많이 올랐다. 물가도 만만찮게 올랐지만 1년을 버티는 데는 문제가 없다. 급한 마음에 시작한 일이 직업이 되었고 어느새 17년이 되었다. 2년 후부터는 이 사업에 지원할 자격을 잃게 된다. 나이 탓이다. 퇴직금 따위는 없다. 하지만 그때도 기본 소득은 계속 나온다. 그저 그 정도로 살면 되지. 더 나은 삶에 대한 바람은 없다. 더 나은 삶이라는 것에 대한 정의도 모른다.

"오늘부터 시작하시겠어요?"

"그럴까요? 해도 되나요?"

"네, 기본 심사 주간이라서 한동안 공여자가 없었어요. 그래서 조금 모자라기는 해요. 신입이시면 우리도 좀 그렇지만, 처음이 아니시니 오늘부터 해 주시면 감사하지요."

"그러죠, 그럼."

"간편 검사까지 확인하고 가셔야 합니다."

"그런데, 일반 직장으로 치면 17년 근속인데. 기념으로 뭘 준다든가, 20년 고용은 무조건 약속해 준다든가 뭐 이런 거는 없어요?"

"네?"

"그냥 한번 해 본 소립니다."

어처구니가 없다는 듯 쳐다보는 공무원을 향해 던지듯 말을 하고 작업실이 모여 있는 이 층으로 올라갔다. 3호실 문을 열었다. 아늑하다. 나는 3호실을 좋아한다. 통풍 시스템이 잘되어 있다. 방마다 배어 있는 알 수 없는 비린내가 나지 않는다. 통풍도 통풍이지만 무엇보다 가상 현실 구현 장비가 좋다. 5년 전까지만 해도 구식 모니터와 헤드폰뿐이었다.

사용자 편의를 위해서, 라 말을 하지만 실상은 국산 업체에서 생산한 시제품을 테스트하는 작업이 같이 이루어진다. 일이 끝나고 나서 새로운 장비와 프로그램에 대한 몇 가지 설문을 작성하고 실험 데이터를 제공하는 것에 동의만 하면 부수적인 수입이 생긴다. 장비 및 프로그램 회사에서 주는 답례인 셈이다. 3호실 벽면에 걸려 있는 클림트의 「엄마와 아기」도 좋다. 아내들과 아이들은 어디선가 저렇게 잠들고 있으리라.

자동으로 조절되는 편안한 등받이를 가진 의자에 앉았다. 가상현실 장비를 쓰기 전에 봐야 하는 동영상이 있다. 백 번 이상 본 영상이지만 이걸 보지 않으면 다음으로 넘어가지 않는다. 이제는 내용을 외울 정도가 되었다. 지겨울 법도 하지만 영상을 보고 듣다 보면 최선을 다해야겠다는 마음이 생긴다. 자부심은 물론이다. 자기 최면이랄까. 마음을 편하게 해 주는 과정이라서 싫지 않다.

지금 선생님께서 번거로움을 무릅쓰고 동참해 주시고 있는 사업은 20년 전부터 시작된 국가사업인 '우리 가족' 사업 중 '우리 아빠' 사업에 해당합니다. 21세기에 들어와서 우리나라는 생산 인구의 감소, 노인 인구의 증가, 출생률의 저하라는 현실에 부딪히게 되었습니다. 물론 전 세계적인 일이었습니다만, 우리나라와 같이 천연자원이 부족하여 젊고 활동적인 인재를 중심으로 유지되어 온 나라의 경우 그 충격이 훨씬 강했습니다. 선생님께서 아시는 바와 같이 외국인 노동자의 수입, 국제결혼의 장려, 로봇 등의 기술 발전으로 이를 극복하려 했지만, 그 과정에서 발생한 사회 문화적인 부작용 또한 만만치 않았습니다. 이런 배경 속에 2030년 세계 최초로 '우리 가족' 사업을 시작하게 되었습니다. 2030년 10월에 시작하여 2031년 7월 14일에 첫 '우리 아이'를 생산하였고, 당해 연도에만 200명의 신생아 생산을 이루어 내었습니다. 이후 그 생산량은 지속적으로 증가하여 2049년에는 연간 5만 명의 신생아를 생산하였고, 드디어 2049년 성인이 된 첫 '우리 아이'를 사회에 성공적으로 편입시켰습니다. '우리 가족' 사업이 성숙기를 맞이하여 그 성과가 가시적으로 나타나기 시작한 것입니다.

지금부터 간략하게 '우리 가족' 사업에 대해서 말씀드리겠습니다. '우리 가족' 사업은 크게 세 주체로 이루어져 있습니다. 세 주체란 '우리 아빠', '우리 엄마', 그리고 정부를 말합니다. '우리 아빠'에 대해서 말씀드리겠습니다. '우리 가족' 사업을 위해 자발적인 정자 공여자가 되겠다는 의사를 표시하신 남성분 중 대한민국 정부의 엄격한 검사를 거쳐 유전 질환 및 감염 질환을 가지고 있지 않은 것으로 확인되신 분을 '우리 아빠'라 합니다. 지금 이 동영상을 보고 계신 선생님과 같은 분들을 말하는 것입니다. '우리 아빠'가 제공한 정자는 다른 '우리 아빠'들이 동일한 방법으로 제공한 정자와 함께 인위적인 요소를 배제한 자연적인 방법을 통해 '우리 엄마'가 제공한 난자와 인공 수정되게 됩니다. 자연적인 방법이란 외부 요인이 배제된 채 오직 다수의 '우리 아빠'로부터 생산된 다수의 정자들의 자유 경쟁을 통해 난자와 수정하게 된다는 것을 말합니다. 유전적 혹은 생물학적인 우열을 파악하고 가리기 위한 어떤 시도도 하지 않습니다. 사회 구성원의 출생과 사회의 구성에 인위적인 영향을 주지 않기 위한 생명 윤리적인 결정입니다. 수정된 수정란은 '우리 엄마' 혹은 국가가 고용한 대리모의 자궁에 이식되어 대한민국의 건강한 아이로 출생하게 됩니다. 이렇게 출생한 아이들을 '우리 아이'라고 부르게 되며 '우리 아이'들은 정상적인 고등학교 교육을 마치고 사회에 진출하는 시기까지 정부의 보호와 보살핌을 받게 됩니다. '우리 아이'들이 출생의 형태와 성장과정으로 인해 차별받지 않도록 하는 것 또한 법적으로 명시하였습니다.

마지막으로 선생님께서는 제공하시는 정자 및 이후의 '우리 아이'에 대한 친자 확인 혹은 부권의 주장 등에 대한 권리를 행사할 수 없음을 말씀드립니다. 이상의 설명을 충분히 숙지, 이해하셨고, '우리 가족' 사업에 동의하시면 의자 팔걸이 우측의 버튼을 눌러 주십시오.

'우리 가족' 사업은 세계에서 최초로 우리나라에서 시작한 사업이었다. 이미 20년 동안 지속되었다면 성공한 사업이라는 뜻이다. 정권이 세 번, 대통령이 네 번 바뀌는 동안에도 꾸준히 지속되고 개선되어 왔다. 망설일 필요가 있나. 버튼을 눌렀다.

이제 가상 현실 헬멧을 착용하셔도 좋습니다. 검체의 온전한 생성과 확보를 위해 하의를 탈의하시고, 헬멧을 착용하신 이후에는 음성 안내에 따라 주시면 됩니다.

영상이 이어졌다. 친절한 설명에 따라 자연스러운 손놀림으로 바지와 속옷을 벗었다.

오늘따라 힘들었다. 2주에 한 번, 건강한 정자들을 생성하기 위해서 금욕의 생활을 했음은 물론이다. 하루 두 개의 계란은 기본이다. 하루 한 끼는 반드시 동물성 단백질을 섭취했다. 하루 한 시간 이상의 운동은 필수. 작업을 한 날과 그다음 날을 제외하고는 술을 한 방울도 입에 대지 않는다. 나의 정자가 다른 놈의 정자를 이겨야 하기 때문은 아니다. '우리 아빠'가 생산한 정자가 '우리 가족' 사업에 사용되기 위해서는 엄격한 조건을 통과해야만 한다. 1년에 한 번 재계약 시에 이루어지는 감염 및 유전체 검사와는 별도의 검사다. 건강한 몸이라 해도 항상 건강한 정자를 생산하는 것은 아니다. 수확 시 그때마다 전체적인 정자의 양, 운동성, 생존성과 형태 등을 검사한다. 국가에서 정한 조건을 통과해야만 사용 가능한 정자로 인정받게 된다. 그리고 사용 가능한 정자를 제공했을 때만 통장에 돈이 입금된다. 안정적인 수입을 유지하기 위해서는 건강한 몸을 위한 관리가 필수 조건이다.

작업 후 한 시간이면 결과가 나온다. 결과를 확인하고 적격 확인증을 받은 후 집으로 돌아간다. 종종 '우리 아빠'와 공무원들 사이에 실랑이를 벌이게 되는 경우가 있다. 이 센터만 해도 작업하는 날 한두 명은 꼭 불합격이 있다. 내 정자가 어때서 불합격이냐, 따지는 사람들을 상대로 공무원들이 무슨 말을 할 수 있을까. 나는 '우리 아빠'를 시작한 초반에 몇 번 불합격 통지를 받았다. 처음에는 어떻게 관리를 해야 하는지 잘 몰랐다. 센터에서 시행하는 교육을 받고 경험이 쌓이면서 합격이라는 말에 익숙해졌다. 마지막 불합격은 16년 전이었다. 천직이다.

그럼에도 이번에는 힘들었다. 이제 노력으로는 극복할 수 없는 나이의 문제인가. 나는 국가가 인정한 대한민국의 건강한 남성인데, 내가 이 정도면 다른 사람은 어떨까. '우리 아빠'의 나이 자격이 만 40세 이하인 이유를 알 것 같다.

"야아. 올해도 합격했나 보네. 징해, 징해, 아주 징해."

한철이 형이다. 유한철. 올해로 20년 차. 마흔이다. 스무 살부터 지금까지. 시범 사업부터 참여한 원년 멤버다. 올해가 마지막이다.

"형님, 올해도 합격했습니까? 대단합니다. 대한민국 남자의 정석입니다, 정석."

"당연하지. 내가 유한철인데. 그래도 오늘은 한잔해야지? 작업은 하고 나온 거지?"

"네, 오늘은 조금 힘드네요. 형님은 안 힘들었습니까?"

"나야, 팔팔하지. 팔팔해도 올해가 마지막이라네."

"내년부터는 뭐 하실 겁니까?"

"생명이 탄생하는 이 신성한 곳에서 어두운 이야기를 꺼내시나. 그런 이야기는 소주 한잔하면서 할 이야기지. 나나 자네나."

작업하는 날이면 한철이 형과 꼭 한잔하게 된다. 몇몇 다른 사람들과 같이 할 때도 있고, 그 사람들이 바뀌기도 하지만 한철이 형은 빠진 적이 없다. 내년부터 무엇을 할지는 지난번 술자리에서 듣기는 했다. 나는 이거 끝나면 말이지. 그때부터 연애를 할 거라네. 사람만 좋다면 결혼도 하고 아이도 낳을 거야. 국가가 인정한 건강한 유전자인데 그 좋은 유전자를 더 이상 퍼트리지 않는다는 것은 안 될 일이지. 이제 겨우 마흔인데. 비장한 표정을 지었다. 게다가 첫 '우리 아이'가 고등학교를 마치고 성공적으로 사회에 발을 내디뎠다는 뉴스를 보았다면서, 그 아이는 분명히 자신의 아이일 것이라고 목소리를 높였다. 그날 술자리는 그 아이의 이름, '희망'이를 부르며 끝났다.

'희망'이. 성은 김이다. 김희망. '우리 아이'의 성은 우리나라의 성씨 분포의 확률에 따라 기계적으로 정했다. 미리 정해져 있는 이름 목록에서 태어나는 순서대로 성별에 따라 이름이 주어졌다. 김희망은 온 국민이 다 아는 '우리 아이'가 되었다. '김희망'이 태어나던 그해 자연적인 부부에 의해 출생했던 '김희망' 스물두 명이 공식적으로 개명을 신청했고 법원은 그것을 허가했다. 이후로 '김희망'은 지어서는 안 되는 이름이 되었다. 애초에 그 이름은 아무도 몰라야 했다. 안일하고 성과에 목매달았던 전시 행정이 일을 그르쳤다. 희망이 이후로 '우리 아이'들을 찾아내고 구별하는 것을 금지하는 법안들이 쏟아져 나왔다. 법은 현실의 반영이다. 다

문화 가정의 아이들을 차별하지 않겠다고 소리를 높였지만 결국은 다문화 가정의 아이들을 차별했던 2000년대 초반과 다르지 않았다.

'우리 가족' 사업을 진행함에 있어 개체의 유전적 우열에 대한 인위적인 개입은 없다, 국가는 그렇게 설명했지만 '우리 아빠'는 사회 경제적으로 열성이었다. '우리 아빠'가 되어 삶을 유지하는 사람들은 혈액을 팔아 생계를 이었다는 옛날이야기의 등장인물과 다를 것이 없었다. '우리 아이'는 그들의 자식이다. 그들의 아이들, '우리 아이'들은 세상이 원하는 딱 그만큼이 되었다. 먹고 마시고 싸고 일하는. 유아 용품, 유아 및 초등, 중등, 고등 교육의 제공자 및 관련 산업, 심지어 소아과 의사들, 백신 회사까지, '우리 아이' 사업으로 혜택을 보았고, 일자리를 유지하게 되었음에도 개인으로 만나게 되는 '우리 아이'에 대해서는 냉담했다.

왜 우리 희망이는 고등학교까지만 보내 주고 대학을 안 보내 주는 건데, 왜? 나눠 마신 소주 세 병에 얼굴이 벌겋게 달아오른 한철이 형이 따지듯이 내게 한 말이었다. 안 그래? 왜 우리 '희망'이는 대학을 안 보내 주냐고. '우리 아이'들은 어쩌라고. 그냥 국가가 싸질러 놓은 아이들인 거야? 알아서 밑바닥을 채우라고? 낳았으면 책임을 져야 할 것 아니야. 씨발. 내가, 내가 가슴이 아파서 그래. 희망이만 생각하면. 내가, 아빠가 얼마나 원망스럽겠냐고? 한철이 형은 맥주잔에 소주를 부어 단숨에 들이켰다. 대학까지 책임지기에는 재정이 안 되는 것도 있겠지요. 자연적으로 출산한 아이들이 모두 대학 가는 것도 아니고. 만약에 '우리 아이'들을 모두 대학 보내 주면 역차별이라고 난리가 날걸요. 한철이 형의 맥주잔을 옆으로 치우고 소주잔에 술을 따르며 내가 말했다. 그래도, 그래도 이건 아니지. 적어도 자연적으로 출산한 아이들은, 그래 걔들은 '걔들 아이'라고 부르자. '걔들 아이'들은 적어도 부모들에게서 뭐라도 받을 수 있잖아. 부모들이 뭐라도 남겨 주려고 하지 않겠어? 단돈 백만 원이라도 유산으로 남겨 줄 수도 있고. '우리 아이'들은 그런 게 없잖아. 국가가 만든 고아가 되는 거잖아. 그런데 내 새끼잖아. 너 아니면 내가 진짜 아빠인 거잖아. 얘들이 말이야. 그날따라 가만히 듣고 있지 않았다. 내가 말했다. 유산이 아니라 빚만 남겨 주는 부모면요? 치매나 암 같은 병으로 고생시킬 수도 있고. 그런 것까지 생각하면 '우리 아이'들이 나을 수도 있지요.

희망이를 찾아내서 자식으로 입양하겠다고, 앞장서라고 하는 것을 겨우 달래서 집으로 보냈었다. '우리 아빠'나 '우리 엄마'는 친자 확인이나 부모의 권리를 주장할 수 없게 되어 있다. 물론 입양에 대한 것은 이야기된 것이 없다. 2년 전 처음으로 사회에 편입되었기 때문에 앞으로 어떤 문제가 발생할지 아무도 모르는 일이다.

"그날, 내가 좀 과했지?"

"아뇨. 형님이 틀린 말씀을 하신 것도 아닌데요."

"국가가 한 일인데, 꼭 내가 죄를 짓는 것 같아서 말이야."

"그리 말씀하시면 저는 뭐가 됩니까. 이삼 년은 더 해야 하는데."

"말이 그렇다는 거지. 그런데, 요기 앞에 있는 편의점 알바하는 총각 봤나? 너하고 똑같이 생겼데이."

"네? 그런 말은 농담으로라도 하지 마세요."

"농담 아니다, 나중에 한번 봐 봐."

"거참, 하지 마시라니까. 그거 말고 말입니다. 저기 저 끝에 앉아 있는 사람, 신참이지요?"

"그런 것 같다. 오늘 같이 한잔하자 하까?"

항상 그렇듯이 노력한 만큼 보답이 오는 법이다. 이번에 생산한 정자들도 역시 적격 확인을 받았다. 한철이 형도 마찬가지. 우리 종대, 대단해. 한 번도 떨어지는 걸 본 적이 없단 말이지. 내가 이걸 세상 사람들한테 막 말하고 싶은데 말이야. 보소. 보소, 여기 좀 보소. 야는 시험만 치면 합격입니다, 하고 말이야. 나는 큰 소리로 떠드는 한철이 형의 두세 걸음 뒤에서 걸었다. 한철이 형이 신입의 어깨를 팔로 두르고 끌고 가는 바람에 신입은 꼼짝없이 우리와 합석을 했다. 나이는 서른. 대학 졸업 후 지역 유통 회사에 입사해서 다니던 중에 그냥 일하기가 싫어서 그만두었다고 했다. 한 달에 두 번만 하면 되잖아요. 돈도 그 정도면 적당하고. 신입이 말했다. 생산만 한다고 채택이 되는 것이 아니야. 이 일도 자기 관리가 중요해. 한철이 형이 걱정스러운 듯 쳐다보며 충고했지만 신입은 별 신경을 쓰지 않았다. 저는 아직 건강해요. 오늘도 특별한 관리를 안 했는데 적격 확인 받았는데요. 이틀 전까지 술 먹고 여자 친구랑 잠자리까지 했는데도 무사통과되었다고 신입이 자랑을 했다. 고개를 끄덕인다던가 듣는 척이라도 했다면 좋았을 것을. 한철이 형의 훈계에 불을 지폈다.

"어찌 되었건 이 업계에 발을 들여놓았으니 하는 말인데, 자네가 하는 일은 그냥 일이 아니야. 우리나라에 건강한 인재를 제공하는 아주 중요한 일을 하는 거야. 우리가 직접 키우지 않는다는 것만 다를 뿐, 내 자식을 만든다는 심정으로 준비해야 한다, 이 말이야."

통하지 않는 이야기였다. 말이 틀린 것은 아니다. 듣는 사람이 준비되지 않았을 뿐. 몇 번의 성공과 몇 번의 탈락 후, 언젠가 사라질 삼십 대였다. 괜히 데리고 왔다는 생각을 했다. 게다가 여자 친구까지 있다니. 여자 친구는 이 사실을 알까.

잠시 잠깐 푼돈이나 벌어 볼 요량으로 사업에 참여하는 사람들은 항상 있었다. 그들은 관리라는 것을 몰랐다. 합법적으로 야동을 보여 주고 무료로 건강 검진까지 해 주며 거기다 돈까지 얹어 주는, 이상하지만 좋은 그런 사업이라고 생각하는 것 같았다. 술이며 담배며 절제하지 않았다. 매년 실시하는 검진이나 생산 당일 실시하는 검사에서 불합격 통보를 받기 일쑤였다. 결과를 인정할 수 없다며 재검 요청을 하거나 통과시켜 달라 떼를 쓰는 사람들 대부분이 그런 사람들이었다. 전날 마신 술값과 화대를 감당하기 위해 그 돈이 필요한 사람들이었다. 아마 대한민국 '우리 아이'들의 절반은 내 자식이고 나머지 반은 종대 네 자식이지 싶다. 한철이 형은 그런 사람을 볼 때마다 내게 이야기했다. 그 사람들의 정자와 우리의 정자가 섞여 난자를 향해 돌진할 때 우리의 정자가 그 사람들의 정자에 질 리가 없어. 절대로. 그건 정의가 아니야. 과학이 아니라고. 주먹을 불끈 쥐는 한철이 형 앞에서 나는 고개를 끄덕이고는 했다.

"젊음이 좋기는 하네. 우리는 보름 동안 열심히 준비해야 겨우 적격 판정을 받는데 말이야. 사람이 아무리 노력한다고 해도 자연의 순리, 나이를 넘어설 수는 없지."

신입을 앉혀 두고 술자리의 분위기를 깰 수 없었다. 나는 신입이 뭐라도 한마디 해 주기를 기다렸다. 신입은 조용히 있었고 말은 한철이 형이 했다.

"그럴수록 계란도 많이 먹고, 금욕하고, 운동해야 하는 거지. 언젠가 '우리 아이'들이 이 나라의 기둥이 되지 않겠어? 그러니 이상한, 되지도 않은 불량한 아이들이 태어나면 안 되는 거잖아. 나는 말이야. 우리가 유전자만 물려주는 것이 아닐 거라고 생각해. 우리가 준비하는 이 마음가짐과 성실성, 뭐 그런 것들을 정자가 가지고 가지 않을까. 난 나를 믿거든. 나는 꽤 괜찮은 아빠야. 가능한 한 오래도록, 많이, '우리 아이'들을 태어나게 하는 데 도움이 되고 싶어, 그런데 이 나라가 말이야. 올해까지만 하라 하네. 허허. 종대도 이삼 년밖에 안 남았네. 열심히 해라. 지금처럼, 최선을 다해서."

신입은 신기하다는 듯 쳐다보며 몇 잔 마시다가 먼저 일어섰다. 나도 한철이 형도 잡지 않았다. 두 번 볼 사람은 아니다. 아마도 신입도 여자 친구에게 가서는 한마디 했을 것이다. 세상에 돌아이들 많다고. 그것도 쌍으로 다닌다고.

삼십 대가 가고 나니 죽이 더 잘 맞았다. 일상의 삶을 이야기하는 것보다는 주제가 있는 대화, 욕할 놈이 있는 대화가 더 재밌는 법이다. 한참 동안 신입 삼십 대의 흉을 보았다. 한철이 형이 화제를 돌렸다.

"방금 재밌는 상상을 했거든."

"뭔데요?"

"내가 '우리 아이'들 중 반은 내 자식이고, 반은 네 자식일 거라고 했잖아."

"그런 이야기 하지 말라니까요."

"그러면 그 둘이 사귈 수도 있는 거잖아."

"허, 참. 그래서 우리가 사돈지간이라도 된다는 말입니까?"

"바로 그거지. 우리가 사돈이 될 수도 있다 이 말이지."

"반대로 형님 자식 둘이서 서로 좋아해서 결혼하면 어떻게 하실 건데요. 그러면 근친인데."

"어, 그건 안 되지, 말려야지. 아무렴 말려야지."

'우리 아이'들끼리 결혼할 때는 유전자 검사를 해서 가족 유무를 꼭 살피도록 제안을 하겠다는 한철이 형의 이야기에 맞장구를 쳐 주었다. 그런 문제를 날카롭게 지적한 네 녀석이 대단한 놈이라는 한철이 형에게 나는 당연하다고 말했다.

"이제 일어나지요."

"한잔만 더 하자. 보름에 한 번 마시는 술인데 1차로 끝나기에는 좀 아깝잖아."

"형님, 계속 실없는 소리 할 거면 전 갈 겁니다."

"알았다니까."

한참을 떠들었다 생각했는데 이제 겨우 저녁 아홉 시를 넘어가고 있었다. 간단하게 맥주로 2차를 하던 중, 한철이 형이 오늘이 조카 생일인 것을 깜빡했다며 일어났다. 저렇게 아이를 좋아하면 결혼해서 아이 낳고 살 것이지 왜 '우리 아빠'가 되었을까? 궁금했지만 묻지 않았다. 나에게 되물으면 할 말이 없었다. 다음 달부터 은퇴 후 같이 살 여자 친구나 찾아볼 생각이다. 이왕이면 여자 형제가 많은 여자를 만날까 한다. 나중에 종대가 은퇴하면 소개해 줘야지. 택시를 기다리며 한철이 형이 말했다. 쓸데없는 말 하지 말고 빨리 타세요. 택시에 한철이 형을 밀어 넣으며 말했지만 이

내 곧 '우리 아빠' 말고 다른 직업을 준비해야겠다는 생각을 했다. 나이 사십에 은퇴라는 것도 우스운 일이지만, 은퇴한 후에 누군가 전 직업을 묻는다면. '우리 아빠'였습니다. 이렇게 대답할 수는 없으니까. 물론 한철이 형이 비밀을 지켜 주어야 하겠지만.

술자리에서 한철이 형이 했던 말이 생각났다. 편의점, 나를 닮았다는 알바생. 녀석이 보고 싶어졌다. 정말 나를 닮았을까. 나를 닮지 않았어도 좋다. 사회에 발을 내디딘 '우리 아이'를 직접 본 적이 없다. 만약에 그 아이가 '우리 아이' 출신이라면 어깨라도 두드려 주고 용돈이라도 쥐어 주고 오리라. 이 세상에 스스로 원해서 오는 사람은 없지만, '우리 아이'들은 더더욱 그럴 테니까. 오직 생산과 소비를 위해 만들어진 자신들을 발견할 때 '우리 아이'들은 어떻게 할까. 공장에서 만들어진 소모품처럼 세상에 나왔다는 것을 자각할 때 그들은 무슨 말을 할까. 언젠가 맞닥뜨릴 '우리 아이'들의 복수를 우리가 감당할 수 있을까? 나는 용서받을 수 있을까?

편의점 창밖으로 녀석이 보인다. 평범한 얼굴인 것 같은데. 나를 닮았다고? 부인과 아이를 버리고 집을 떠나 세상을 돌아다니다 볼품없는 노인이 되어 다시 돌아온 아버지, 그 아버지가 아들을 훔쳐보는 영화의 한 장면처럼 편의점 창 너머로 녀석을 보았다. 문을 열고 들어섰다. 어서 오세요. 생기 없는 목소리가 음료수 진열대로 향하는 나를 느리게 좇아왔다. 네, 안녕하세요. 대답하고 싶지만 이미 녀석은 다른 손님의 물건값을 계산하는 중이다. 음료수 진열장을 지나 컵라면 진열대로, 코너를 돌아 스낵 진열대로. 서성이는 나를 녀석이 힐끔 쳐다본다. 진열장과 진열대를 오가며 나도 녀석의 얼굴을 살펴본다. 닮았나? 정말? 높지 않은 코와 두툼한 아랫입술, 쌍꺼풀 없는 눈, 약간 튀어나온 턱, 오른쪽으로 틀어진 비대칭의 얼굴. 닮았다. 게다가 녀석도 손톱을 물어뜯고 있다. 버릇도 유전이 되나?

가슴이 쿵쾅거린다. 얼굴은 달아올라 화끈거린다. 머릿속은 어지럽다. 휘청했다. 알코올이 더해진 탓이다. 침착하자. 녀석이 '우리 아이'가 맞을까? 컵라면을 하나 골랐다.

"이거."

"드시고 가시게요?"

"네."

"뜨거운 물은 저쪽 테이블에 있습니다. 다 드시고 나시면 밑에 있는 국물 통에 남은 국물을 붓고, 분리수거해 주시면 됩니다. 김치는 안 필요하세요?"

"김치도 하나 주세요."

이름표에 써 있는 이름은 '김철수'다. '철수'라니. 요즘 아이 이름에 '철수'라는 이름을 붙이는 부모가 있을까? 흔한 선택은 아니다. 뻔한 성에 뻔한 이름이다. 내가 지금 무슨 생각을 하는 거지? 녀석이 건네준 꼬마 김치 포장을 열고, 라면에 스프를 붓고, 뜨거운 물을 채웠다. 기다리는 거다. 기다리다 보면 라면도 익을 테고 다른 힌트가 나오겠지. 편의점 주인이라도 오면 조용히 가서 물어 보리라.

"야, 인마, 계산 똑바로 해."

"똑바로 한 건데요?"

"요오? 이 새끼가 어른한테 '요'자를 붙이네."

"똑바로 계산한 겁니다."

"인마, 내가 오만 원짜리 줬잖아. 담배 하나 샀고, 그러면 사만 오천 원 거슬러 줘야 할 것 아니야?"

"오천 원짜리 주셨거든요. 아니 주셨습니다. 잘못 생각하고 계신 것 같은데요."

"뭐 잘못 생각한다고? 와아. 인마 웃기네."

"와 그라요? 무슨 일인데?"

"내가 아까 오만 원짜리 한 장 들고 있는 것 봤제."

"봤지."

"그걸로 담배 한 갑 달라고 하니까, 담배만 주고 잔돈을 안 주잖아. 잔돈 달라니까 이 알바 새끼가 오천 원짜리 받았다고 박박 우긴다 아이가. 미치겠다."

동네 깡패인지 지나가는 사람들인지 알 수 없다. 아이가 이상한 상황에 빠져 있다. 녀석들은 세 명이다. 나는 무얼 할 수 있나.

"히야. 인마 이거. 이름이 김철수네 철수. 야, 인마. 철수, 니 '우리 아이' 맞제?"

"네?"

"맞네, 맞네. 표정 보니 딱 맞네. '우리 아이.'"

"오. 그 말로만 듣던 '우리 아이'네. '우리 아이'를 만들어서 편의점 알바 시키고 있네."

"편의점 알바가 모자라서 '우리 아이'를 만든 건가?"

"인마, 그라지 마라. 인마도 사람이다. 듣고 있으면 기분 나쁘지, 지도."

"뭐, 기분 나쁘면 우짤 낀데. 내가 낸 세금으로 태어나서 입히고 먹여서, 공부까지 가리키가 이리 편의점 알바 만들어 줬으면 감사합니다, 해야지. 안 그렇나, 인마. 야, 우리 아이. 감사합니다, 해봐."

"해 보라고 씨발놈의 '우리 아이'야."

"이러지 마세요."

"이러지 마세요오. 웃기고 있네."

녀석들은 잔돈에 관심이 있는 것이 아니다. '우리 아이'를 놀리고 있다. 라면을 말아 들고 있던 젓가락이 떨렸다.

"거, 듣고 있으니 조금 심하시네. 그만들 좀 하시죠."

내가 왜 그랬을까.

"저건 또 뭐꼬? 아저씨, 아저씨는 또 뭔교? 사장인교?"

"내가 뭔지가 중요한 게 아니고, 그 알바 좀 괴롭히지 마시라고요."

"그니까, 아저씨가 뭔데 참견이냐고요. 씨발. 편의점 주인이냐고요."

"아니, 그게 아니고, 불쌍해 보이니까 괴롭히지 말자고."

"웃기네, 은근슬쩍 말도 놓네. 씨바. 니 뭔데? 뭔데 '우리 새끼' 편을 드냐고?"

"우리 새끼가 아니라 '우리 아이'지요. 우리들의 아이다, 뭐 이런 뜻이랄까."

"뭔데. 인마, 또라이 아이가? 별 미친 소리를 다 듣겠네."

분명 술기운이었을 것이다. 술기운이었겠지. 그렇지 않고서야 내가 세 명의 건장한 사내들을 혼자서 감당하고 있다니.

"어이, 아저씨. 영화 찍어요? 영화배우예요? 용감하시네. 용감한 것 알겠으니까 적당히 하고 찌그러지소. 라면이나 빨리 묵고 나가소. 국물 잘 버리고. 나는 인마한테 잔돈을 받아야 갈 테니까. 그라고, 우리 새끼, 가만히 서 있지 말고 빨리 잔돈 도. 사만 오천 원."

"우리 새끼 아니라니까, '우리 아이'라니까."

"미치겠네. 야. 라면. 니 뭔데. 뭔데 나서노."

"나? 나 '우리 아빠'다 왜? 아, 빠, 라고오. 다 나와 이 새끼들. 오늘 다 죽었어."

편의점 앞 인도였다. 건장한 덩치 세 명이 나를 둘러싸고 아래로 내려보고 있었고, '김철수'는 어딘가로 급하게 전화를 걸었다. 나는 행인을 불러 모으듯 악다구니를 쓰고 있다. 나는 아빠니까. 우리 아빠.

김애란

2002년 단편 소설 「노크하지 않는 집」으로 대산대학문학상을 받으며
작품 활동을 시작했다. 소설집 『달려라, 아비』, 『침이 고인다』, 『비행운』,
『바깥은 여름』, 장편 소설 『두근두근 내 인생』 등을 썼다.
이상문학상, 동인문학상, 한국일보문학상, 이효석문학상, 신동엽창작상,
김유정문학상, 젊은작가상, 한무숙문학상 등을 수상했다.

07

플라이 데이터 리코더

봄볕에 달구어진 이 섬 어딘가, 듬성듬성 돋은 초록 너머에는 일상적이고도 유구한 노동, 알 수 없는 소문과 권태, 혹은 누군가의 이름을 불러 봐도 좋을 만큼 시원하게 불어오는 바람 속에서, 아이를 낳고 또 아이를 낳는 사람들이 살고 있다. 섬의 이름은 플라이데이터리코더. 원래는 반도와 이어진 땅이었는데, 후빙기에 해수면이 상승하면서 섬으로 떨어져 나가게 되었다. 당시 섬 주위에는 바다 외엔 아무것도 없었다. 우주가 이 섬에게 준 유일한 선물이 있다면 그것은 시간, 그뿐이었다.

긴 시간이 흐르고. 수만 번의 계절과 계절, 또 한 번의 계절을 지나 한 무리의 사람들이 이곳에 도착했을 때— 그들이 제일 먼저 한 일은 섬의 이름을 짓는 것이었다. 그들은 지도자를 따라 섬의 가장 높은 곳을 찾았다. 구름 너머 거대한 봉우리 하나가 보였다. 그들은 어깨에 짐을 이고 절벽과 언덕, 들판을 지나 산 위로 기어올랐다. 섬 주위는 양수처럼 붉게 일렁이고 있었다. 그들은 가까스로 정상에 올랐다. 그리고 눈앞에 펼쳐진 광경을 보고 넋을 잃었다. 그들이 지나온 구덩이와 협곡, 들판 모두가 선을 이뤄 하나의 모양을 만들고 있었다. 그것은 오직 높은 곳에서만 볼 수 있는 거대한 그림, 스스로 어떤 질서를 가지고 있다는 사실만으로도 아름다운 고대 상형 문자였다. 그들은 알 수 있었다. 그 뜻을 모른다 하더라도 그들이 그것을 읽어 낼 수 있으리라는 것을. 무리의 지도자는 불안과 경이의 눈으로 문자를 바라봤다. 그러고는 마침내 입을 열어 발음했다. 플라이데이터리코더. 사람들도 그를 따라 조용히 합창했다. 플라이데이터리코더. 그래서 이 섬은 플라이데이터리코더다. 수천 년이 지난 오늘, 이가 빠진 노인들은 지금도 조상 이야기를 한다. 그 문자가 왜 그곳에 있고, 누가 만든 것인가에 대한 의견은 분분하지만, 섬은 번성하여 하나의 마을을 이뤘다. 지금 그 문자는 사라지고 없다.

플라이데이터리코더엔 육지 사람들의 왕래가 드물다. 관광지도 아닐뿐더러 반도에서 가장 멀리 떨어진 섬 중의 하나이기 때문이다. 이곳엔 많지도 적지도 않은 사람들이 살고 있다. 그들이 누리는 일상이란 보통 우리가 '삶'이라 부르는 그것과 비슷하다. 봄이 되면 사내들은 실치잡이를 하러 바다로 나간다. 사내들은 그물 속 빛을 길어 올리며 눈부시게 일한다. 이곳엔 있을 만한 것은 다 있고, 없어도 좋을 것들 역시 사이좋게 그러나 숨죽여 공존하고 있다. 섬 안엔 학교도 있고, 텔레비전도 있고, 다방도 있다. 한땐 천연기념물인 수리부엉이도 있었다. 이곳이 부엉이의 중요한 서식지라는 게 밝혀졌을 때, 플라이데이터리코더는 1만 년 전 후빙기 이래 처음으로 육지와 문화재 관리국의 관심을 받았다. 하지만 그것도 잠깐이었을 뿐, 지금은 단 한 마리의 부엉새도 남아 있지 않다. 주민들은 사람이 한 명씩 죽을 때마다 부엉이가 섬을 떠난다고 믿었다. 어느 날 밤 누군가 숨을 거두면 망자는 끼이끼이, 부엉이는 부엉부엉 울며 달빛 속을 날아간다고. 섬엔 아직 산 자들이 많지만 수리부엉이들은 모두 그렇게 떠났다. 섬 어귀에는 파란색 등대도 하나 있다. 밤마다 섬은 등대를 비롯해 집집마다 켜 놓은 작은 불빛들로 환해지는데, 그 총총거리는 모습을 하늘에서 보면 구멍 속에서 빛이 새는 노란 별처럼 보인다. 검게 출렁이는 바다 한가운데 물에 잠긴 별을 상상해 본다면, 그 별이 바로 플라이데이터리코더이다. 굽이진 길 위로 50시시 오토바이가 다니고, 아이들이 다니는 분교에는 '미' 음이 고장 난 풍금이 불안한 반주를 하고, 여염집 마당엔 바람보다 키 큰 바지랑대가 서 있는 섬. 플라이데이터리코더. 이 섬은 이제 고대 문자가 새겨진 옛날의 플라이데이터리코더도 아니고, 수리부엉이가 사는 천연기념물 보호 구역도 아니다. 이곳에선 오랫동안 아무 일도 일어나지 않았다. 그러나 긴 시간 그토록 일관되게 시시할 수 있었다는 점 역시 이 섬이 갖고 있는 기적 중 하나다.

이것은 플라이데이터리코더 37번지, 파란색 슬레이트 지붕 아래 살고 있는 한 아이에 관한 이야기다. 이야기는 며칠 전 추락한 비행기와 대마밭의 화재로 시작된다. 어느 날 하늘을 날던 노란색 경비행기 하나가 방향을 잃고 우왕좌왕하다가 마을로 고꾸라졌다. 비행기 몸체는 등대 위에 꽂혔다. 꼬리는 불길에 싸여 야생 대마밭으로 떨어졌다. 순식간에 수천 평에 달하는 대마밭이 활활 타들어 갔다. 섬은 무럭무럭 피어오르는 알싸하고 자욱한 연기에 휩싸였다. 이틀 뒤 큰 비가 내릴 때까지 식욕 좋은 불길은 멈추지 않았다. 대마 연기에 취한 섬사람들은 밤새도록 춤을 추고 노래를 불렀다.

플라이데이터리코더의 봄은 늦어서, 서늘한 봄바람이 휘이— 하고 지나가면 섬 위의 풀들이 소름 돋듯 일제히 쭈뼛 하고 일어섰다 스러진다. 사내들은 등허리에 볕을 인 채 그물을 고르고, 봄날, 섬 그림자 아래 시커먼 바닷속에선 물고기들이 머리를 식히고 있다. 그날, 37번지 파란색 슬레이트 지붕 아래서의 일상도 다를 게 없었다. 그 집에는 섬 밖으로 나가 보지 않은 일곱 살 난 아이와 그의 무서운 할아버지, 책을 많이 읽어 모르는 게 없는 삼촌이 살고 있었다.

그날 오후, 노인은 마당에 쪼그리고 앉아 담배를 입에 문 채 고기 배를 따고 있었다. 대충 시멘트를 깔아 만든 마당 한쪽엔 빨간 '다라이' 두 개가 있었다. 아이는 마루에 누워 굴회에 들어간 배를 건져 먹고 있었다. 노인은 긴 호스를 꺼내 한 손으로 아가리를 살짝 틀어막은 뒤 마당에 고인 핏물을 씻어 냈다. 노인은 무지갯빛 물방울 사이로 흘깃 아이를 쳐다보며 말했다.

"일어나서 먹지 못해!"

아이는 봄바람에 실려 오는 나른한 피 냄새를 맡으며 한껏 늘어져 있고 싶었지만, 노인의 지청구를 듣고는 벌떡 일어날 수밖에 없었다. '에미 애비 없는 자식'을 '싸가지 있게' 키우는 것은 노인의 오랜 바람 중 하나였다. 노인은 아이가 젖먹이였을 때부터 '다라이'에 아이를 담아 밭일을 나가곤 했다. 노인은 아이의 고추 위로 날아드는 파리를 쫓아 가며 김을 매고, 아이를 반듯하게 키우겠다 결심하곤 했다. 하지만 아이에게 할아버지와의 동거란 세 명의 생부(生父)를 데리고 사는 것만큼 피곤한 일이기도 했다. 아이는 목청 좋은 할아버지가 소리를 지를 때마다 찔끔찔끔 오줌을 지렸다. 똥

오줌 가린 지가 오래전인데, 요즘 들어 부쩍 바지를 버리는 일이 잦았다. 그때마다 노인은 화를 냈고 아이는 자꾸 오줌을 쌌다. 아이는 잘 울지 않았다. 노인은 신경질이 나는 모양이었다. 노인은 할아비보다 더 할아비 같은 표정을 짓는 아이에게 자꾸 소리를 질러 댔는데, 그것을 멀리서 보면 어쩐지 진화가 덜 된 동물이 바위에게 구애하고 있는 모습처럼 보였다. 뒤란에선 빨랫줄에 걸린 아이의 팬티가 바람에 펄럭였다. 아이는 분홍색 목젖 안으로 생굴을 꼴깍 넘겼다. 굴에서 시원한 그늘 맛이 났다. 마당 한쪽엔 노인이 깎아 만든 장대가 세워져 있었다. 장대 끝에는 모기장을 씌운 순진한 망둥이들이 일제히 허공을 올려다보고 있었다. 아이의 시선이 하늘 어디 한 점에 찍혀 멈추었다가 점점 이동했다. 아이가 어리벙벙한 표정으로 외쳤다.

"할아버지!"

노인은 광으로 들어가 기척이 없었다.

"할아버지!"

노인이 칼을 쥔 채 고개를 내밀었다. 아이의 동공은 활짝 벌어져 큰 바람이 드나들었다.

"저거!"

노인은 아이의 손끝을 바라봤다. 청명한 하늘 위로 노란색 비행기 하나가 빙글빙글 돌며 추락하고 있었다. 꼬리에 긴 연기를 달고, 플라이데이터리코더의 무뚝뚝한 평화 속으로 어쩔 수 없이 안겨 드는 비행기의 모습은 꽃이 지고 바람이 부는 일처럼 자연스러워 보였다. 노인은 어리둥절한 눈으로 비행기의 움직임을 좇았다. 아이가 "어어?" 소리를 냈다. 그물을 낚거나 밭을 매고 있던 섬사람들도 허리를 편 채 하늘을 바라봤다. 잠시 후 "쾅!" 하는 소리와 함께 비행기가 추락했다. 플라이데이터리코더의 풀들이 일제히 쭈뼛 솟았다 스러졌다. 아이의 바지 앞섶은 울컥하고 젖어 들며 가슴속 사랑처럼 진하게 물들었다. 노인은 한 손을 이마에 댄 채 언덕을 바라봤다. 등대 위에 비행기가 처박혀 있었다. 등대는 키가 커 마을 어디서나 보였다. 언덕 위로 무럭무럭 연기가 피어올랐다.

"할아버지, 저게 뭐예요?"

"나도 잘 모르겠다만…… 비행기 같구나."

노인은 이상한 표정을 지었다.

"그런데 저건 꼭,"

노인은 뭔가 기억해 내려는 듯 미간을 찌푸렸다.

"마치……."

아이도 얼굴을 찡그렸다.

"마치 뭐요?"

노인은 생각난 듯 대수롭지 않게 말했다.

"수리부엉이 같구나."

어디선가 애틋하고 쨍한, 아니 달달하고 칼칼한, 기분이 막 나빠

질 듯 좋아지는 대마 냄새가 물씬 풍겨 왔다. 아이도 노인도 처음 맡는 냄새였다. 반바지를 입은 아이의 다리 사이로 뜨뜻한 소변이 눈물처럼 뚝뚝 흘러내렸다.

두 밤이 지나고, 큰비가 그치자 사람들은 다시 일터에 나갔다. 노란색 경비행기는 식어 버린 빵처럼 담담하게 굳어 등대 위에 꽂혀 있었다. 플라이데이터리코더의 봄날은 여느 때와 같이 아늑하고 평화로웠다. 육지에선 별다른 소식이 없었다. 화재가 나던 밤, 노인은 아이 앞에서 춤을 추었다. 노인은 '네 애비 얼굴도 보이고, 나비야 청산 가자 청산도 보이고, 죽은 할매 어여쁜 똥구멍도 보인다'며 마당에서 세 번 재주를 넘었다. 아이는 손뼉을 쳤다. 신이 난 노인은 마루에 누워 두 발에 아이를 올려놓은 뒤, 번쩍번쩍 '비행기'를 태워 주었다. 조부의 발바닥 위에서 비상할 때마다 "하하하하." "하하하하." 미친 듯이 웃던 아이는 지난밤 너무 웃은 탓에 얼굴이 병자처럼 핼쑥해졌다. 다음 날 제정신이 들었을 때, 아이와 노인은 서로의 얼굴을 쳐다보며 어색해했다.

아이의 삼촌은 비가 그친 뒤 집에 들어왔다. 큰비 때문에 뱃길이 막혀 섬에 들어올 수 없었다고 했다. 노인은 여느 때처럼 밭일을 하고 고기를 말렸다. 노인은 부엌이나 뒷간에서 아이와 마주쳤다. 노인은 아이 앞에서 수줍어했다. 아이는 자신의 눈도 못 마주치고 색시 같아져 버린 조부를 보며 '이런 느낌, 너무 부담스럽다'고 생각했다. 아이는 등대 주위를 돌아다니며 온종일 비행기 파편과 부속품들을 만지고 놀았다.

셋째 날, 저녁상 앞에 앉았을 때 텔레비전에서 마침 사고 소식이 전해지고 있었다. 자원도 풍광도 그저 그런 '별 볼 일 없는' 플라이데이터리코더라는 섬에 정체를 알 수 없는 비행기가 추락했다는 내용이었다. 아이는 밥을 먹다 말고 딸꾹질을 했다.

"엄마야!"

노인은 수저질을 멈추고 아이를 쳐다봤다. 아이는 '자기도 모르는 일'이라는 듯 고개를 저었다.

"너 지금 뭐라고 했니?"

"……."

비행기와 대마밭의 모습이 보였다. 대마밭은 커다란 하트 모양으로 그을려 있었다. 취재진은 마을 사람 모두가 취해 있던 시간에 헬리콥터를 이용해 현장에 다녀간 모양이었다. 뭍사람들은 생각보다 훨씬 빠르고 영민한 듯했다. 사내가 밥그릇을 밀며 말을 돌렸다.

"아버지, 진지 드시죠."

방송 기자의 목소리가 들렸다.

"추락 현장에서는 사체가 발견되지 않았으며, 비행자의 국적도, 추락 이유도 모두 불분명한 상태입니다. 정부는 이것이 단속을 피해 총기나 마약 밀수를 하는 국제 마피아 집단의 비행기가 아닐까 의심하고 있습니다. 블랙박스의 발견이 시급한 때입니다."

노인은 참게를 넣어 지진 배추를 씹으며 말했다.

"재는 어쩜 가르쳐 주지도 않은 말을 하는가 모르겠다."

사내가 가만히 노인을 바라봤다.

"……."

노인은 그 침묵이 아들의 비난처럼 느껴져 그 비난을 더 비난하는 말투로 따져 물었다.

"왜?"

사내가 고개 숙인 아이를 바라보며 말했다.

"오줌 싼 것 같은데요."

아이는 사내 곁에 누웠다. 마당에서 호스로 몸을 닦은 뒤라 아랫도리가 개운했다. 사내는 진지한 표정으로 시사 주간지를 읽고 있었다. 아이는 신기한 듯 물었다.

"재밌어?"

사내가 말했다.

"이런 건 재미로 읽는 게 아니야. 세상 돌아가는 걸 알기 위해 읽는 거지. 너도 크면 다른 건 안 봐도 시사지만큼은 꼭 읽도록 해."

아이는 방긋 웃으며 요 위로 드러누웠다. 그런 뒤 흥얼흥얼 콧노래를 부르며 딴생각을 했다. 섬마을의 초저녁, 사내의 책장 넘기는 소리가 바스락바스락 정겹게 들려왔다.

"삼촌."

"응?"

아이는 천장을 바라보며 해맑은 목소리로 말했다.

"나는 가끔 죽고 싶어요."

언제였을까? 아이가 '엄마'라는 말을 해 본 것은. 아이에게 '엄마'는 드네프르콤비나트나 나트륨아미드, 셀룰로이드라는 말만큼 낯설고 어려운 단어였다. 동시에 그것은 '설명'이 필요한 말이기도 했다. 오래전, 아이가 엄마에 대해 묻자 노인은 화를 내며 말했다.

"너희 엄마는 사람도 아니었다."

사람도 아니었다는 것, 그것이 아이가 엄마에 관해 알고 있는 전부였다. 37번지 파란색 슬레이트 지붕 아래 그녀에 관한 것은 아무것도 없었다. 사진도, 옷가지도, 이 빠진 참빗 하나 남아 있지 않았다. 그녀는 플라이데이터리코더의 고대 문자처럼 어느 날 사라져 버렸다. 노인은 아이에게 '엄마'라는 말을 꺼내지 못하게 했다. 아이의 삼촌은 알고 있었다. 결혼한 지 몇 달 안 돼 과부가 된 그녀가 얼마나 시리게 고왔는지, 미역을 무치는 손끝이 얼마나 야무졌고, 아픈 시아버지를 업고 선착장으로 뛰어갈 땐 또 얼마나 빨랐는지, 노인이 그녀를 얼마나 귀애했는지 말이다. 그녀는 친정에 다녀온다 말하고 타지에서 죽었다. 화재가 난 여관방에서 벌거벗은 사내와 함께였다. 현장에는 그녀의 소지품 몇 개와 타다 만 빨간색 브래지어의 둥근 와이어만 덩그러니 남아 있었다. 노인은 아이를 업은 채 "아직 내 아들 뼈도 썩지 않았는데."라며 오열했다. 그 후로 아이가 엄마를 찾을 때마다 노인은 옆집 기와가 들썩거릴 정도로 야단을 쳤다.

삼촌은 아이의 우상이었다. 사내는 한때 플라이데이터리코더에서 제일 잘나가는 초등학생이었다. 물론 전교생이 열두 명밖에 안 되는 분교 안에서였지만. 사내가 성장할 수 있었던 건 모두 백과사전 덕분이었다. 사내가 초등학교 3학년이 되던 해, 노인은 큰돈을 들여 집에 백과사전 한 질을 들여놓았다. 먼 곳에서 배를 타고 온 방문 판매원이 두 시간 넘는 회유 끝에 올린 실적이었다. 백과사전은 출처가 불분명한 유령 회사에서 나온 것이었다. 그래서 종이 질도 나쁘고 사진이나 도판도 엉망이었다. 백과사전 1권의 주제는 '우주'였다. 사내는 자기 가슴팍보다 넓은 책을 끙— 하고 펼쳐 보았다. 순간 책장 위로 환하게 우주가 열렸다. 사내는 성운과 항성, 태양계가 찍힌 사진 앞에서 충격을 받았다. 그 흔들리는 빛이 자신에게 뭔가 말을 걸고 있는 것처럼 느껴졌다. 사내는 백과사전을 정독하기 시작했다. 잘못된 정보도 많았지만, 아무도 사내에게 반론하지 못했다. 왜냐하면 플라이데이터리코더에서 백과사전을 가지고 있는 사람은 오직 37번지 파란색 슬레이트 지붕의 사내밖에 없었기 때문이다. 사실 노인이 백과사전을 산 이유는 부록으로 주는 성인용 '부부 백과' 때문이었다. 사내는 우연히 장롱 속을 뒤지다 커다란 부부 백과를 발견했다. 책 속에는 온갖 우스꽝스러운 체위를 한 남녀가 벌거벗은 채 뒤엉켜 있었다. 사내는 진짜 부록은 부부 백과가 아닌 백과사전이었다는 사실을 깨닫고 울며 집을 뛰쳐나갔다. 그러고는 가출한 지 이틀 만에 어른이 된 얼굴을 하고 돌아왔다. 사내는 점점 똑똑해졌다. 사내는 청소년을 대상으로 한 우주인 선발 대회에서 2만 명이 넘는 지원자 중 최종 후보로 거론된 적도 있었다. 그것은 먼 대륙에 있는 우주 기구에서 공모한 것으로, 선발되면 1년 동안 70가지가 넘는 훈련을 받고 우주선에 탑승할 수 있는 프로그램이었다. 섬사람들은 모두 사내를 응원했다. 어떤 어르신은 우주에서 꼭 자기 이름을 세 번 외쳐달라고 부탁하며 용돈을 찔러주기도 했다. 사내는 우주인 선발 최종심에서 2등으로 떨어졌다. 그리고 그즈음 사내의 형이 바다에서 죽었다. 사내는 살면서 일이 잘 안 풀릴 때마다 "그때 내가 공모에서 떨어지지만 않았어도!"라고 한탄했다. 사내는 지금 선착장에서 뭍으로 오가는 선박의 차표 끊는 일을 하고 있다. 별다른 기술은 필요 없고 배에 오르는 사람들의 차표에 구멍을 뚫어 주면 그만인 일이다. 그런 사내가 여전히 왜 '전교 1등'의 표정을 짓고 사는지 알 수 없지만, 사내는 지금도 백과사전을 읽고, 아이가 물어보는 것이 있으면 뭐든지 척척 대답해 준다. 아이에게 삼촌은 영웅이었다. 삼촌이 하는 말은 무슨 말인지 알아들을 수 없는 것들이 많아 왠지 더 신뢰가 갔다.

아이는 여전히 말간 눈으로 천장을 보고 있었다. 사내는 할 말을 찾지 못해 눈만 끔뻑거렸다. 아이에게 타다 만 빨간 브래지어에 대해 말해 줄 수는 없는 일이었다.

"삼촌이 우주인 대회 나갔던 얘기 다시 해 줄까?"

아이가 대답했다.

"응. 나중에."

사내는 풀이 죽었다. 아이가 백과사전을 가리키며 물었다.

"삼촌, 이거 정말 다 읽었어?"

사내는 세상에서 가장 듣기 좋은 질문을 받았다는 듯, 그리고 제발 누군가 그것을 영원히 물어봐 줬으면 좋겠다는 듯 활짝 웃으며 대답했다.

"그럼."

아이가 그렁그렁한 눈망울로 말했다.

"삼촌은 정말 모르는 게 없겠다."

사내는 비질비질 새어 나오는 거만한 미소를 겨우 삼키며 다정하게 말했다.

"그럼."

아이는 어렵게 입을 열었다.

"그럼, 내가 뭣 좀 보여 줄게, 뭔지 얘기해 줄래?"

사내는 고개를 끄덕였다. 아이가 말했다.

"그렇지만 비밀이야."

사내는 약속했다. 다시 잘난 체를 할 수 있는 기회가 오다니 너무 기뻤다.

아이가 보여 준 것은 주황색 상자였다. 그것은 선착장에 있는 차표 통과 비슷하게 생긴 물건이었다. 아이는 그것을 뒤뜰 대숲에서 꺼냈다.

"이게 뭐야?"

사내는 당황했다. 자신도 처음 보는 물건이었다. 사내는 지금까지 아이에게 '모른다'는 대답을 해 본 적이 없었다. 사내는 아이의 눈치를 보며 상자 주위를 맴돌았다. 표면은 매끈한 금속성 물질로 이뤄졌고 그을음이 묻어 있었다. 사내는 상자에 코를 덴 채 킁킁 냄새를 맡고 흔들었다. 사내는 어디선가 그것을 본 적이 있다고 생각했다. 그리고 어디선가 봤다면 그건 분명 백과사전에서일 것이었다. 사내는 기억을 더듬어 마침내 그것의 이름을 떠올릴 수 있었다.

"블랙박스!"

"응?"

"블랙박스."

"그게 뭔데?"

사내가 어깨를 으쓱하며 말했다.

"검은 상자란 뜻이지."

아이는 갸웃거렸다.

"근데 왜 주황색이야?"

사내는 움찔 뒤로 물러서며 당황했다. '왜, 주황색이냐니, 왜 주황색일까? 왜 주황색인 것이지?' 사내는 재빨리 말을 꾸며 냈다.

"너, 이름 뜻이 뭐야?"

"응, 할아버지가 그러는데 지혜롭고 용감하다는 뜻이래."

사내가 물었다.

"너, 그래서 니가 지혜롭고 용감하니?"

아이는 뭔가 깨달은 듯 크게 고개를 주억거렸다.

"아아."

아이가 물었다.

"그래서 이게 뭔데?"

"이건……."

사내는 망설였다. 문득 엉뚱한 생각이 들었다.

"그러니까 이건……."

아이가 기대에 찬 얼굴로 사내를 바라봤다. 사내가 진지하게 말했다.

"이건, 네 엄마야."

아이의 고추에서 찔끔 오줌 한 방울이 흘러나왔다.

"뭐라구?"

"엄마."

아이는 삼촌이 하는 말은 모두 믿었지만, 이번만은 도저히 이해가 되지 않는다는 표정을 지었다.

"뭐?"

사내의 머리 위로 온갖 지식이 빅뱅처럼 스쳐 갔다. 사내는 차근차근 말을 이어 나갔다.

"봐 봐. 처음 지구에 아무 생물도 살지 않았을 때, 메탄과 타이탄, 질소 등 이상한 기체로만 가득 찬 공기만이 있었어. 내 말 이해하겠니?"

"아니."

"그래, 여하튼 그런 공기들이 있었다고. 그런데 그게 자기들끼리 막 섞여 전기를 일으켜, 물고기도 만들어 내고, 공룡, 그래 너 공룡 알지? 그것도 만들어 내고, 나무도 만들고 그랬다고."

"응."

"그러다 사자도 생기고 원숭이도 생기고, 많은 것들이 나타났어. 그러니까 사람은 나중에 정말 나중에 생긴 거지. 자, 그럼 사람의 조상은 누구겠니?"

아이는 삼촌에게 주워들은 얘기가 떠올라 자신 있게 말했다.

"원숭이!"

"그렇지, 원숭이. 그럼 원숭이의 조상은?"

아이는 고민에 빠졌다.

"공룡이지, 인마! 원숭이 전에 공룡이 있었으니까. 공룡의 조상은 물고기고, 물고기의 조상은 메탄, 질소 뭐 그런 공기인 거야. 그러니까 사람도 결국 그런 '공기'며 '바람'이며 '햇빛'에서 나온 거야. 그게 바로 우리의 진짜 조상이라고. 알겠니?"

아이는 고개를 갸웃거렸다.

"그런데 이 공기랑 바람이 별걸 다 만들어 놨잖아, 지금. 그러니까 우리 조상은 남태평양 참치일 수도 있고, 의자일 수 있고, 스테인리스 압력 밥솥일 수도 있고, 말하자면 이 블랙박스일 수도 있는 거야."

"왜?"

"조상이 같으니까."

사내는 확신을 주듯 물었다.

"너, 할아버지가 만날 엄마보고 뭐라고 그래?"

아이가 시무룩하게 답했다.

"너희 엄만 사람도 아니었다고."

"그치?"

아이는 고개를 크게 주억거렸다.

"아아."

"알겠지?"

아이는 이해하는 체했다. 조금쯤 삼촌의 체면을 세워 주려는 마음도 있었다. 블랙박스 따위가 엄마라니 사실 말도 안 된다고 생각했다. 사내가 슬며시 아이의 등을 떠밀었다.

"자, 이제 엄마라고 불러 보렴."

아이는 블랙박스를 가만히 바라봤다. 직육면체의 블랙박스는 달빛을 받아 얌전하게 빛나고 있었다. 아이가 사내를 돌아보자, 사내는 누군가는 꼭 해 줘야 할 허락을 내려 주듯 고개를 끄덕였다. 아이가 떨리는 목소리로 말했다.

"엄마……."

블랙박스는 아무 대답이 없었다. 아이는 한 번 더 소리 내어 불러 보았다.

"엄마……."

아이의 눈망울이 잘못 찍은 사진처럼 흔들렸다. 사내가 아이의 어깨를 감싸 안았다.

"옳지."

아이가 떨리는 목소리로 물었다.

"근데 엄마는 왜 말 안 해?"

"그게, 서로 다른 종으로 태어날 경우 대화를 할 수 없게 돼 있어. 그래도 몸을 기울이면 알아차릴 수 있는 것들이 있을 거야. 방법은 우리가 발견해 내면 돼. 지금 엄마랑도."

"왜?"

"그게 우주의 윤리야."

아이는 여전히 모르겠다는 표정이었다. 하지만 이렇게 자기를 찾아와 준 엄마가 고마워서 그리고 삼촌의 말이 미더워서, 조금 가슴이 아팠다. 아이는 블랙박스 앞에 쪼그려 앉았다. 그러고는 알을 품듯 가만히 블랙박스를 감싸 안았다. 처음엔 차가운 듯했는데, 오래 안고 있으니 엄마의 철제 표면에 자신의 체온이 닿아, 함께 따뜻해지는 기분이었다. 아이의 작은 심장이 콩닥거렸다. 아이가 물었다.

"방에 갖고 가면 안 될까?"

사내는 손사래를 치며 안 된다고, 할아버지가 바닷속에 집어던져 버릴 거라고 말했다. 아이의 얼굴이 먹먹했다.

"왜 그래?"

아이가 답했다.

"좋아서."

두 남자 사이로 부드러운 갯바람이 지나갔다. 사내는 그 바람이, 오래전 누군가가 막 좋아지려 할 때 집으로 돌아오는 길, 온몸으로 맞았던 그 바람을 닮았다고 생각했다. 아이는 오래도록 그 자리에 서서 엄마를 불렀다. 블랙박스는 조금 수줍어하는 눈치였다. 돌아가는 길, 아이가 물었다.

"춥지 않을까?"

사내가 속삭였다.

"괜찮아, 블랙박스는 내성적이고 신경이 예민해서 누군가 자신에게 신경 써 주는 걸 별로 좋아하지 않거든."

두 사람의 등 뒤로 고독하게 솟은 푸른 등대가 보였다. 등대는 작고 따뜻하게 빛나며 깜빡이고 있었다. 멀리, 꼬리 잘린 노란색 경비행기 한 대가 그들을 굽어보고 있었다. 경비행기 사이로 양 날개를 훑고 지나가는 바람의 소리가 웅웅 아득하게 들려왔다. 그것은 마치 망자를 두고 '부엉부엉' 울며 떠나는 수리부엉이 소리를 닮아 있었다.

며칠 뒤, 헬기 한 대가 요란한 프로펠러 소리를 내며 착륙했다. 안에는 푸른 제복을 입은 정보원들과 연구원, 방송 기자 등이 타고 있었다. 그들은 섬에서 가장 높은 봉우리 위에 천막을 치고 식료품과 접이침대, 책상과 살충제, 선크림 등을 들여놓았다. 정보원 한 명이 망원경을 들어 플라이데이터리코더를 내려다보았다. 대마밭에 커다란 하트 모양의 자국이 보였다. 정보원은 발그레 얼굴을 붉혔다. 이들이 섬에 온 이유는 블랙박스를 찾기 위해서였다. 뭍사람들은 무척 불안해하는 눈치였다. 군사적인 경고를 하는 이도, 과학적인 분석을 하는 이도, 외계인의 존재를 주장하는 이도 '우리는 블랙박스를 찾아야 한다'고 소리 높여 말했다. 그것은 추락 사고 이후 당연한 절차로 소리 높여 말할 만한 것은 아니었으나, 그들이 그렇게 목청을 돋운 건 달리 할 말이 없기 때문이기도 했다. 그들 모두가 동의하는 사실 중 하나는 블랙박스 안에는 진실이 담겨 있을 거라는 점이었다. 그들은 흰 장갑을 낀 채 며칠 동안 사고 현장을 조사하고, 단서가 될 만한 것을 수집하고 인가를 방문했다. 그런 뒤 저녁이 되면 언덕 위에 올라 붉게 일렁이는 바다를 보며, 감상적인 마음이 되어 글썽이기도 했다.

아이는 밤낮없이 뒤뜰에 가 놀았다. 노인은 별로 신경을 쓰지 않는 눈치였다. 아이는 블랙박스와 이야기를 나눴다. 자신이 좋아하는 것과 그렇지 않은 것, 아침상에 오른 반찬, 할아버지의 잠꼬대, 요즘 보는 만화, 체중의 변화에 대해서 새처럼 지저귀었다. 블랙박스는 아이 말을 조용히 경청했다. 맞장구를 쳐 주는 것도, 야단을 치거나 참견을 하는 것도 아니었지만 대화는 편안하고 자연스러웠다. 사내는 아이가 걱정됐지만 한동안 모른 척 일터에 나갔다. 아이에게 조금만 더 시간을 주고 싶은 마음에서였다.

얼마 지나지 않아 37번지 파란색 슬레이트 집에 정보원들이 찾아왔다. 그들은 노인에게 몇 가지 질문을 했다. 그런 뒤 장독 뚜껑을 열고, 창고 안을 살펴봤다. 아이는 숨죽여 그들의 움직임을 주시했다. 노인은 뒷짐 진 채 정보원들을 따라다니며 '그게 어느 나라 비행기냐' '왜 떨어진 것이냐' 등을 꼬치꼬치 물어봤다. 정보원들은 자기들도 아는 게 없다며 '근데 좀 저리 가실 수 없냐' 했다. 아이는 슬그머니 뒤뜰로 걸음을 옮겼다. 정보원 하나가 아이를 불러 세웠다.

"얘!"

아이는 그 자리에 서서 주르륵 오줌을 지렸다. 노인이 혀를 차며 고개를 젓자 정보원이 당황하며 물었다.

"왜 저러지요?"

"에구, 원래 저래요. 몸이 약해서리."

정보원은 수첩 위에 '몸이 약해서리'라고 적은 뒤, 볼펜을 주머니에 넣었다. 그런 뒤 가장 중요한 질문은 따로 있었다는 듯 물었다.

"그런데 여기, 회 잘 뜨는 집이 어디입니까?"

정보원은 37번지에 자주 들렀다. 그들은 예전에 물었던 것을 똑같이 묻고 개운치 않은 얼굴로 돌아갔다. 아이는 그때마다 식은땀을 흘렸다. 정보원은 아이를 쳐다본 뒤 수첩 안에 다시 뭔가를 적었다. 사내가 일찍 퇴근한 날에도 정보원들은 아궁이의 솥을 열어 보고 있었다. 그들은 이렇게 작은 섬에서 블랙박스가 사라졌을 리 없다, 분명 어딘가에 있을 것이다, 우리가 찾지 못한다면 누군가 숨겨 두고 있는 것이다, 그 사람은 부도덕한 조직과 연계되어 있을 것이다, 무사하지 않을 거란 말을 내뱉고 사라졌다. 그것은 37번지에만 해당되는 일이 아니었다. 일이 진척되지 않자 정보원들은 마을 사람들을 집요하게 추궁했다. 사내는 뭐 저런 자식들이 다 있냐며 혼자 화를 냈다.

넓은 놋그릇 위로 망둥이들이 일제히 머리를 모은 채 누워 있었다. 비늘 위로는 고춧가루가 뿌려져 있었다. 노인이 앙상한 손가락으로 생선을 발랐다. 창밖으론 낮은 구름이 빠르게 흘러갔다. 아이는 생선 대가리를 빨며 뉴스를 경청했다. 뉴스의 내용은 비행기의 추락 사건이 미궁에 빠졌다는 것이었다. 화면 위로 마을 사람들의 얼굴이 지나갔다. 그들은 인터뷰 중 늘 딴 얘기로 빠지며

횡설수설했고, 대부분 블랙박스가 뭔지도 모르는 사람들 같았다. 방송 기자가 말했다.

"곧 정부에서 블랙박스의 구성 원료인 특수 합금을 추적하기 위해 플라이데이터리코더에 고성능 X-50S 탐지기를 보낼 예정입니다."

사내가 아이의 얼굴을 바라봤다. 아이는 아무 생각 없이 자기 얼굴보다 큰 그릇을 들어 숭늉을 들이켰다. 아이는 숟가락을 놓자마자 "잘 먹었습니다." 하고 후다닥 나가 버렸다. 사내와 노인은 일렁이는 텔레비전 불빛 앞에 앉아 나머지 뉴스를 보았다.

노인은 자리를 털며 일어났다. 뒷간에 다녀오겠다며 상은 네가 좀 치우라고 했다. 노인은 손전등을 들고 진흙이 묻어 있는 고무신을 꺾어 신었다. 사내는 불안한 눈으로 노인을 바라봤다. 아니나 다를까 노인은 대문 밖을 나서며 이상한 기척을 느꼈다. 어디선가 바람 소리 같기도 하고, 누군가 웅얼대는 듯하기도 한 소리가 난 것이다. 노인은 까치발을 든 채 소리가 나는 곳으로 향했다. 대숲이 있는 뒤뜰이었다. 노인은 짐승처럼 밝은 밤눈으로 어둠을 응시했다. 장독 옆에 붙어 혼잣말하는 아이의 모습이 보였다. 노인이 손전등을 비췄다. 아이가 놀라 뒤로 자빠졌다.

"여기서 뭐 하는 거냐?"

아이는 벌떡 일어나 몸으로 블랙박스를 가렸다.

"예? 아무것도요."

노인은 전등을 들고 아이에게 다가갔다. 아이는 뒤로 물러섰다. 아이의 다리 사이로 얼핏 주황색 물체가 보였다.

"그게 뭐냐?"

아이가 가랑이를 오므리며 말했다.

"아무것도 아니에요."

"비켜 봐라."

아이는 꼼짝 않고 버티었다. 노인은 아이를 밀쳐 냈다. 노인이 블랙박스를 건드리려 하자, 아이가 "안 돼요!" 하고 달려들었다. 노인은 그것이 뭍사람들이 찾고 있는 그 '블랙' 무엇과 관련이 있을 거라는 걸 알았다.

"안 돼요. 이리 주세요."

노인은 블랙박스를 두 손에 든 채 아이를 내려보았다.

"이놈의 자식! 뭔 짓을 한 거냐? 이런 짓 하면 무서운 데 잡혀가는 거 모르냐? 응?"

노인은 블랙박스를 땅에 내동댕이칠 기세로 아이를 꾸짖었다. 안방에서 소리를 듣고 달려온 사내가 노인의 팔을 잡았다.

"아버지! 참으세요."

노인은 과장되게 삽이며 괭이며 찾는 시늉을 하더니 "다 부숴 버리겠다!"라고 소리쳤다.

"물건을 훔쳐? 응?"

흠뻑 젖은 아이의 아랫도리 사이로 두 다리가 후들거렸다. 사내는 아이 앞을 가로막으며 노인에게 사정했다.

"아버지, 이거 제가 오늘 선착장 근처에서 주워 온 겁니다. 이상한 물건 같아서 뭍사람들한테 갖다주려 했어요."

노인이 미심쩍은 얼굴로 아들을 쳐다봤다.

"애가 아마 신기해서 그랬나 봐요. 제가 내일 반드시 제자리에 갖다 놓을게요. 역정 푸세요."

노인은 사내와 아이를 번갈아 쳐다본 뒤 못마땅한 얼굴로 방에 돌아갔다. 사내가 아이의 어깨를 잡았다.

사내와 아이는 나란히 이불 위에 누웠다. 건넛방에선 노인이 쭈그리고 앉아 졸며 바지락을 까고 있었다. 사내는 아이의 머리칼을 만지며 괜히 딴소리를 했다.

"너 좋아하는 애 있니?"

아이가 맥없이 대답했다.

"응? 예전에."

"그럼 뽀뽀해 봤어?"

"아니. 삼촌은?"

"해 봤지. 어른이니까."

사내가 말을 이었다.

"좋아하는 사람과 입을 맞출 때는 말이야, 굉장한 느낌이 들어."

아이는 조금 호기심이 생기는 듯했다.

"어떤?"

"그게 말이야, 대기권에 무거운 물체를 놓으면 지구의 중력으로 인해 무서운 속도로 낙하하면서 흔적도 없이 사라지게 되거든? 음, 그러니까 다 타 버려 땅에 닿기도 전에 사라져 버린다고."

"응."

"말하자면 그런 느낌이야, 입맞춤이란."

아이가 감탄하며 말했다.

"아름다운 거구나. 입맞춤이란."

사내가 미소 지으며 말했다.

"그럼. 그런데 가끔은 우주에서 고장 난 우주선 조각 같은 게 우주를 떠다니다가, 지구의 끌어당기는 힘에 잡혀서 그 주위를 영원히 돌게 되는 경우도 있대."

"영원히?"

"응. 지금도 우리 머리 위에서 아주 많이 돌고 있어. 보이진 않지만 멀리서."

아이가 턱 밑으로 이불을 끌어당기며 말했다.

"힘들겠다."

사내가 속삭였다.

"우리, 블랙박스 보러 갈까?"

"왜?"

"엄마에게 입 맞춰 드리러."

뒤뜰에서 우수수 바람에 휘청이는 대숲 소리가 들려왔다. 아이가 가만 사내를 바라봤다. 도대체 어떤 예감을 담고 있는지 알 수 없는, 저 스스로도 모르는 아득한 눈빛이었다.

사내와 아이는 살금살금 노인의 방을 지나 뒤뜰에 도착했다. 노인은 칼을 쥔 채 바지락이 쌓인 '다라이' 앞에 앉아 꾸벅꾸벅 졸고 있었다. 사내는 블랙박스를 아이 앞에 내려놓았다. 블랙박스는 피곤해 보였다. 우수수— 대숲이 바람에 흔들렸다. 바람은 물에 젖은 천처럼 무겁고 축축했다. 사내가 망설이다 입을 열었다.

"곧 뭍사람들이 올 거야. 너도 알지?"

아이가 불안한 눈으로 고개를 끄덕였다.

"그러곤 엄마를 데려갈 거야. 어딘가에 꼭 필요한가 봐."

아이가 고개를 숙였다.

"그 전에 우리가 엄마를 다른 곳으로 보내 드리자."

아이가 말했다.

"싫어."

"그럼 그 사람들이 데려갔으면 좋겠어?"

"……."

"엄마가 여기 있으면 잡혀가게 돼. 그러니까 우리가 보내 드려야 하는 거야."

"어디로?"

"저기."

사내가 하늘을 가리켰다.

"그러면 엄마는 지구가 잡아당기는 힘 때문에 하늘 위를 영원히 돌며 네 곁에 머물 수 있게 돼. 정말이야. 삼촌이 약속할게."

아이의 얼굴이 흐려졌다. 아이는 한쪽 발로 계속 땅바닥을 비벼댔다.

"싫어?"

"……."

한참 후, 아이가 마지못해 말을 이었다.

"어떻게 하면 되는데?"

"그냥 입 맞추면 돼. 그런 뒤 눈을 감고 기다리는 거야. 대신 그 전에 엄마와 먼저 인사를 나눠야 해."

아이는 고개를 끄덕였다. 사내는 물러서며 말했다.

"하고 싶은 말 있으면 해도 괜찮아."

블랙박스는 침묵하고 있었다. 아이가 입을 열었다.

"엄마."

"……."

아이가 갈라지는 목소리로 외쳤다.

"엄마."

둘 사이로 힘센 바닷바람이 지나갔다. 아이가 더듬더듬 말을 이었다.

"엄마는 내 이름을 불러 준 적도 없고, 나를 업어 준 적도 없고, 내가 아플 때 만져 준 적도 없고, 내가 늦었을 때 찾으러 나온 적도 없고, 필요할 때 내 옆에 항상 없었어요. 그러니까 엄마는 내 책가방을 싸 주지도 않을 거고, 내 충치를 뽑아 주지도 않을 거고, 내가 맞고 돌아와도 쫓아가 주지 않을 거고, 나와 소풍도 가지 않을 테고, 내 입학식 때도 오지 않을 거고, 나랑 같이 자지도 않을 테고, 내가 상을 타도 머리를 만져 주지 않을 테고, 언제고 내가 부를 때마다 대답하지 않을 테지만, 그렇지만, 그렇지만……."

아이는 울음을 터트렸다.

"그렇지만……."

아이의 얼굴이 눈물로 뒤덮였다. 아이는 목 놓아 울었다. 바람은 자꾸 불고, 어둠 속, 블랙박스 위로 댓잎 하나가 팔랑 하고 떨어졌다.

"엄마가 인사한다."

아이가 딸꾹질하듯 물었다.

"뭐라고 하는데?"

사내가 말했다.

"잘 있으래."

"……."

"잘 있으래. 어디서든 잘 있어 달래. 그러면 자기가 무척 기쁠 거래."

아이가 다시 '으앙' 하고 큰 소리를 냈다. 사내는 아이가 마음 놓고 울 수 있도록 말없이 곁에 서 있었다. 한참 후 사내가 아이의 귀에 속삭였다.

"자, 너도 인사해야지."

"뭐라고?"

"엄마도 잘 있으세요, 하고. 잘 가세요, 하고."

아이가 손으로 눈물을 훔쳐 냈다. 아이는 덤덤하게 웅크리고 있는 블랙박스를 향해 말했다.

"잘 가요, 엄마. 잘 있어야 해요."

아이는 말을 이었다.

"어디서든 잘 있어 주세요. 그러면…… 나도 무척 기쁠 거예요."

사내가 아이에게 말했다.

"자, 이제 엄마에게 입 맞춰 드리자."

아이는 천천히 블랙박스를 향해 다가갔다. 그러고는 두 손으로 블랙박스의 차가운 볼을 만졌다. 아이는 한참 동안 그것을 바라보다가 눈을 감고 고개 숙여 블랙박스에게 입 맞췄다. 다음 생엔 좀 더 부드러운 물건으로 태어나길 기도하면서. 아이의 눈물이 오렌지색 합금 위로 뚝뚝 떨어졌다. 하늘에선 구름 속에 잠긴 달이 하얗게 퉁퉁 불어 가고 있었다.

같은 시간, 노인은 까무룩 얕은 잠이 들어 꿈속에서 새를 보고 있었는데, 그 새는 웬일인지 가슴에 빨간 브래지어를 하고 있었다. 노인은 문득 "저거, 수리부엉이를 닮았네, 수리부엉이를 닮았어." 라고 중얼거리며 하늘을 올려다보았다. 노인은 오래도록 브래지어를 한 채 날아가는 새를 바라보았다. 그러다 어느 순간 자신도 모르게 얼굴 위로 주르륵 눈물이 흘러내리는 것을 느낄 수 있었다. 노인은 하늘을 향해 큰 소리로 "훠이—" 하고 소리쳤다. 그러곤 성이 안 차는지 한 번 더 "훠이—" 하고 외쳤다. 노인은 젖은 눈으로 밤하늘을 보며 중얼거렸다.

"다시 태어난다면, 사람 같은 거, 너무 좋아하지 마라."

새는 큰 날개를 펄럭이며 달빛 속을 날아 부엉부엉 하늘 끝 먼 곳으로 사라졌다.

다시, 플라이데이터리코더의 여름. 봄볕에 달구어진 이 섬 어딘가, 초록 너머로 일상적이고도 유구한 노동, 알 수 없는 소문과 권태, 혹은 시원하게 불어오는 바람 속에서, 사람들은 여전히 아이를 낳고 또 아이를 낳는다. 섬의 이름은 플라이데이터리코더. 사내들은 고무장화를 신은 채 생선을 말리고, 한여름, 섬 그림자 아래, 시커먼 바닷속에선 물고기들이 머리를 식히고 있다. 37번지 파란색 슬레이트 지붕 아래서의 일상도 비슷하다. 노인은 고기 배를 따며 하늘을 보고, 사내는 아침마다 선착장에 나가 차표에 구멍을 뚫는다. 아이의 키는 무럭무럭 자라 예전의 팬티가 맞질 않고, 이제는 오줌도 지리지 않게 되었다. 섬 어귀에는 마을에서 제일 높은 등대가 있다. 등대 위에는 파랗게 이끼 낀 경비행기 하나가 유물처럼 박혀 있다. 깨진 유리창 안에는 이따금 새들이 날아와 알을 까고 간다. 뭍사람들은 모두 떠났다. 그들은 누군가 등대 아래 갖다 놓은 블랙박스를 들고 요란한 프로펠러 소리를 내며 사라졌다. 추락 전, 30분간의 녹음 내용은 블랙박스 부품의 손상과 잡음 때문에 대부분 해독되지 못했다. 조종자도 사라지고 국적도 불분명한 비행기의 추락 사고는 몇 가지 의문점만 남긴 채 사람들 기억에서 잊혔다. 다만 그들은 블랙박스 안에서 들릴 듯 말 듯 녹음된 조종자의 마지막 메시지 하나를 간신히 건질 수 있었는데, 그것은 단 한 마디, '안녕'이었다고 한다.

작품 출처

- 정지아, 「말의 온도」 『창작과비평』 2022년 봄 호, 창비 2022
- 손보미, 「담요」 『그들에게 린디합을』, 문학동네 2013
- 황정은, 「모자」 『일곱시 삼십이분 코끼리열차』, 문학동네 2008
- 김유담, 「멀고도 가벼운」 『탬버린』, 창비 2020
- 윤성희, 「유턴 지점에 보물 지도를 묻다」 『거기, 당신?』, 문학동네 2004
- 김강, 「우리 아빠」 『우리 언젠가 화성에 가겠지만』, 아시아 2020
- 김애란, 「플라이데이터리코더」 『침이 고인다』, 문학과지성사 2007

끌어안는 소설

초판 1쇄 발행 2023년 5월 8일
초판 3쇄 발행 2024년 3월 28일

지은이 • 정지아 손보미 황정은 김유담 윤성희 김강 김애란
엮은이 • 문실 배정원 양미현 유화선 이삼남 조은미
펴낸이 • 김종곤
편집 • 서대영
조판 • 이주니
펴낸곳 • (주)창비교육
등록 • 2014년 6월 20일 제2014-000183호
주소 • 04004 서울특별시 마포구 월드컵로12길 7
전화 • 1833-7247
팩스 • 영업 070-4838-4938 | 편집 02-6949-0953
홈페이지 • www.changbiedu.com
전자우편 • contents@changbi.com

ISBN 979-11-6570-214-4 43810